宋·董弅編

嚴陵集

中國書店

詳校官編修臣祁韻士

臣紀昀覆勘

欽定四庫全書　　集部八

嚴陵集　　總集類

提要

臣等謹案嚴陵集九卷宋董棻編棻東平人逌之子也自署曰廣川蓋自謂仲舒裔耳紹興間棻知嚴州因輯嚴州詩文自謝靈運沈約以下迄于南宋之初前五卷皆詩第六卷附賦二篇七卷至九卷則皆碑文題記雜文

前有紹興九年莽自序謂嘗與僚屬修是州圖經蒐求碑版稽考載籍所得逸文甚多又得郡人喻彦先家所藏書與教授沈傣廣求備録而成是集其編録亦可謂勤矣中如司馬光獨樂園釣魚菴詩本作于洛中以首句用嚴子陵事因牽而入于此集未免假借附會沿地志之陋習然所録詩文唐以前人雖尚多習見至于宋人諸作自有專集者數人

外他如曾輔吕希純陳瓘朱彦江公望江公著蔡肇張伯玉錢勰李昉扈蒙劉昌言曾有開丁謂范師道張保雝章岷阮逸闞詠李師中龐籍孫沔王存馮京刁約元絳張景修岑象求邵亢馬存陳軒吴可幾葉棐恭劉涇賈青王逵張綬余闢刁衎倪天隱周邦彦羅汝楫詹亢宗陳公亮錢聞詩諸人今有不知其名者有知名而不見其集者藉茅是編尚存

梗概是亦談藝者所取資也乾隆四十九年

三月恭校上

總纂官臣紀昀臣陸錫熊臣孫士毅

總校官臣陸費墀

欽定四庫全書

嚴陵集卷一

宋 董棻 編

詩

七里瀨 謝靈運

羈心積秋晨晨積展游眺孤客傷逝湍徒旅苦奔峭石淺水潺湲日落山照燿荒林紛沃若哀禽相叫嘯遭物悼遷斥存期得要妙既秉上皇心豈屑末代誚目覩嚴

子瀨想屬任公釣誰謂古今殊異世可同調

新安江水至清淺深見底貽京邑游好　沈約

眷言訪舟客茲川信可珍洞澈隨深淺皎鏡無冬春千仞寫喬樹百丈見游鱗滄浪有時濁清濟涸無津豈若乘斯去俯映石磷磷紛吾隔囂滓寧假濯衣巾願以潺湲水沾君纓上塵

嚴陵瀨　任昉

羣峯此峻極參差百重嶂清淺既漣漪激石復奔壯神

物徒有造終然莫能仗

贈郭桐廬出溪口見候余既未至郭仍進邨維舟久之郭生方至

朝發富春渚蓄意忍相思涿令行春反冠蓋益川坻望久方來萃悲懽不自持滄江路窮此湍險方自茲疊嶂易成響重以夜猿悲客心幸自弭中道遇心期親好自斯絕孤游從此辭

清溪二首 李白

清溪清我心水色異諸水借問新安江見底何如此人行明鏡中鳥度屏風裏向晚猩猩啼空悲遠遊子

清溪勝桐廬水木有佳色山貞日高古石容天傾側綠鳥昔未名白猿初相識不見同懷人對之空歎息

經七里瀨　孟浩然

予奉垂堂誡千金非所輕為多山水樂頻作泛舟行五岳追尚子三湘弔屈平湖經洞庭闊江入新安清復聞嚴陵瀨乃在此川路湍嶂數百里沿洄非一趣彩翠相

氤氳別流亂奔注釣磯平可坐苔磴滑難步猨飲石下潭鳥還日邊樹觀奇恨來晚倚櫂惜將莫揮手弄潺湲從茲洗塵慮

至七里灘作 李嘉祐

遷客投于越臨江淚滿衣獨隨流水遠轉覺故人稀萬木迎秋序千峯駐晚暉行舟猶未已惆悵莫潮歸

入睦州分水路憶劉長卿

北闕忤明主南方隨白雲沿洄灘草色應接海鷗羣建

德潮已盡新安江又分回看嚴子瀨朗詠謝安文雨過
莫山碧猿吟秋日曛吳洲不可到刷鬢為思君

送張十八歸桐廬 劉長卿

歸人乘野艇帶月過江邨正落寒潮水相隨夜到門

卻歸睦州至七里灘下作

南歸猶謫宦獨上子陵灘江樹臨洲晚沙禽對水寒山
開斜照在石淺亂流難惆悵梅花發年年此路看

對酒寄嚴維

陋巷喜陽和衰顏對酒歌懶從華髮亂閑任白雲多郡簡容垂釣家貧學弄梭門前七里瀨早晚子陵過

睦州送尊師醮畢還越

吹簫江上晚惆悵別茅君踊火能飛雪登一作刀入一作吞吐白雲晨香永日在夜磬滿山聞揮手桐溪路無情水亦分

按覆後貶官赴睦州奉贈苗侍郎制使

地遠心難達時危謗易成羊腸留覆轍虎口脫餘生直

氏偷金枉于家決獄明一言知己重片義殺身輕日一作月下人誰憶天涯客獨行年先鎖蹇步秋氣入哀情建業一作禪知何在長江問去程孤舟百口淚萬里一猿聲落日看鄉路空山向郡城豈令寃積氣千古在長平

新安江送陸灃歸江陰

新安路人來去蚤潮復晚潮明日知何處潮水無情亦解歸自憐長在新安住

詶皇甫侍御見寄時甫相國姑臧公初臨郡

離別江南北汀洲葉再黃路遥雲共水砧迥月如霜歲

儉依仁政年衰憶故鄉佇君宣室召漢法倚張綱

訓張履雪夜發桐廬訪別途中苦寒之作

扁舟乘興客不憚苦寒行晚莫相依分江湖欲別情水

聲冰下咽砂路雪中平舊劍鋒鋩盡應嫌脫贈輕

余浦橋月下重游

秋風颯颯鳴條風月相和寂寥黃葉一離一別青山莫

莫朝朝空江漸出亭岸老樹猶依斷橋明日行人已遠

空餘淚滴回潮

七里灘重送嚴維

秋風淼淼水空波越客孤舟欲榜歌手折衰楊悲老别故人零落已無多

赴新安贈别梁侍御

新安君莫問此路水雲深江海無行跡孤舟何處尋青山空向淚白日豈知心縱有餘生在終傷老病侵

訓李穆見寄

孤舟相訪至天涯萬轉雲山路更賒欲掃柴門迎遠客
青苔黄葉滿貧家

新安江奉送穆諭德歸朝賦得行字

九重宣室召萬里建溪行事直皇天在歸遲白髮生用
才身復起覩聖眼猶明離别寒江上潺湲若有情

題元録事開元寺所居

幽居蘿薜情高卧絶囂行鳥散秋鷹下人閑春草生昌
嵐歸野寺收印出山城今日新安郡因君水更清

送張栩扶持之睦州

遥憶新安舊扁舟復卻還淺深看水石來往逐雲山入縣餘花在過門故柳閑東征隨子去皆隱薜蘿閒

奉使新安自桐廬縣經嚴陵釣臺宿七里灘下寄使院諸公

悠然釣臺下懷古時一望江水自潺湲行人獨惆悵新安從此始桂楫方蕩漾回轉百里閒青山千萬狀連崖去不斷對嶺遥相向夾岸黛秋色沈沈淥波上夕陽留

古木水鳥拂寒浪月下扣舷聲煙中釆菱唱猶憐負羇
束未暇依清曠牽役徒自勞近名非取向何時故山裏
卻醉松花釀回首惟白雲孤舟誰復訪

嚴陵釣臺送李康成赴江東使

潺湲子陵瀨彷彿如在目七里人已非千年水空淥新
安江上孤飇遠應逐楓林萬餘轉古臺落日自蕭條寒
水無波更清淺臺上漁竿不復持卻令猿鳥向人悲灘
聲山翠至今在遲爾行船晚泊時

使還七里瀨下逢薛承規赴江南貶

遷客歸人醉晚寒孤舟暫泊子陵灘憐君更去三千里落日青山江上看

重別嚴維

月色今宵最明庭閑夜久天清寂寥多年左宦殷勤遠別深情溪臨修竹煙色風落高梧雨聲耿耿相看不寐遥聞曉杵山城

新安非欲掛颿過海內如君有幾多醉裏別時秋水色

老人南望一狂歌

寄劉員外 皇甫曾

南憶新安郡千山帶夕陽斷猿知夜久秋草助江長鬢髮應成素青松獨見霜愛才稱漢主題柱待田郎

發桐廬先寄劉八丈員外 李穆

處處雲山無盡時桐廬南望轉參差舟人莫道新安近欲上潺湲行自遲

耶溪書懷寄劉長卿員外寓睦州 秦系

時人多笑樂幽棲晚起閑行獨杖藜雲色卷舒前後嶺
藥苗新舊兩三畦偶逢野果將呼子屢折荆釵亦為妻
擬共釣竿長往復嚴陵灘上勝耶溪

寄皇甫湜　韓愈

敲門驚晝睡問報睦州吏手把一封書上有皇甫字拆
書放牀頭涕與淚垂泗昏昏還就枕冈冈夢相值悲哉
無奇術安得生兩翅

送皇甫湜赴舉　馬異

馬蹄聲特特去入天子國借問去是誰秀才皇甫湜舍吐一腹文八音兼五色主文有崔李郁郁為朝德青銅鏡必明朱絲繩必直稱意太平年願子長相憶

贈施肩吾 張籍

世間漸覺無多事雖得空名未著身合取藥成相待喫不須先作上天人

送施肩吾東歸

知君本是煙霞客被薦因來城闕間世業偏臨七里瀨

仙游多在四明山蚤聞詩價傳人徧新得科名到處閑
惆悵灞亭相送去雲中琪樹不同攀

西山即事奉寄故園徐處士　施肩吾

僕作江西少施氏君為城北老徐翁詩篇憶昔歡相接
顏皃如今恨不同世界盡憂蔬上露時人皆怕燭前風
唯余獨慕神仙道芥子雖窮壽不窮

桐廬廳覩論事窔

擾擾廳前走羸瘵中有老人扶杖拜天公霹靂耳不聞

猶為子孫爭地界

秋日桐江送裘秀才歸淮南

怪來頻起詠刀頭桐樹枝邊一葉秋又向江南别才子却將風景過揚州

題釣臺蘭若

山僧不釣臺下魚幾年空寄臺邊坐有時手把乾松枝沿江乞得沙上火

歸分水留贈王少府

仙吏飲冰多玉聲新詩麗句遺狂生不愁日莫歸山去
故把隋珠入夜行

過桐廬場鄭判官

滎陽鄭君游說餘偶因榷茗來桐廬幽奇山水引高步
暐赫風光隨使車筭緡百萬日不虛吏人叢裏唯簿書
眼前横掣斷犀劒心中暗轉靈虵珠有時退公兼退食
一尊長在朱軒側胡商大鼻左右趍趙妾細眉前後直
醉來引客上紅樓面前一道桐溪流登臨山色在掌内

指點霞光隨杖頭東郭野人慵櫛沐使將破履升華屋
數杯酩酊不得歸樓中便蓋江雲宿卻被江郎濕我衣
賴君借我貂襜歸

夏日過從叔幽居

且將一葉繫垂楊門對清溪夏日長林下喜逢青竹卷
局邊輸卻紫羅囊碧蹄駿馬御緺細紅粉佳人挈榼香
伯仲歷官年盡少那知不笑漢馮唐

贈族叔處士

我家名士已無求若見翔鴻便舉頭紫石巖邊吟繡段
青苔紙上落銀鉤高人酒席稱無醉細字經書讀未休
定是仙山足靈藥年過八十轉風流

游安禪寺　徐凝

欲到安禪游聖槩先觀湧塔出香城樓臺有日連雲漢
壑谷無年斷水聲倚竹竝肩青玉立上橋如蹋白虹行
傷嗟置寺碑交碎不見梁朝施主名

新定途中　杜牧

無端偶效張文紀下杜鄉園别五秋重過江南更千里
萬山深處一孤舟
睦州四韻
州在釣臺邊溪山實可憐有家皆掩映無處不潺湲好
樹鳴幽鳥晴樓入野煙殘春杜陵客中酒落花前
題新定八松院小石
雨滴珠璣碎苔生紫翠重故關何日到且看小三峯
寄内兄和州崔員外十二韻

歷陽崔太守何日不舍情恩義同鍾李塤箎實弟兄光塵能混合擘畫最分明臺閣仁賢譽閨門孝友聲西方像教毀南海繡衣行金橐寧回顧珠簞肯一棖祇宜裁容詔何自取專城進退無非道回翔必有名好風初婉晚離思苦縈盈金馬舊游貴桐廬春水生雨侵寒牖夢梅引凍醪傾共祝中興主高歌倡太平

丹水

何事苦縈回離腸不自裁恨聲隨夢去春態逐雲來沈

定藍光瀲喧盤粉浪開翠巖三百尺誰作子陵臺

郡中有懷寄上睦州員外十三兄歙州刺史邢羣

城枕溪流淺更斜麗譙連帶邑人家經冬野菜青青色未臘山梅樹樹花雖免瘴雲生嶺上永無京信到天涯如今歲晏從羈滯心喜彈冠事不賖

正初奉酬

翠巖千尺倚溪斜曾得嚴光作釣家越嶂遠分丁字水臘梅遲見二年花明時刀尺君須用幽處田園我有涯

一壑風煙陽羡里解龜休去路非賒

秋晚蚤發新定

解印書千軸重陽酒百缸涼風滿紅樹曉月下秋江巖
壑會歸去塵埃終不降懸纓未敢濯嚴瀨碧淙淙

除官歸京睦州雨霽

秋半吳天霽清凝萬里光水聲侵笑語嵐翠撲衣裳遠
樹凝羅帳孤雲認粉囊溪山侵兩越時節到重陽顧我
能甘賤無由得自強悞曾公觸尾不敢夜循牆豈意籠

飛烏還歸錦帳郎綱今開傳夔書舊識黃香姹女真虛
語饑兒欲一行淺深須揭厲休更學張綱

夜泊桐廬先寄蘇臺盧郎中

水檻桐廬館歸舟繫石根笛吹孤戍月犬吠隔溪邨十
載違清裁幽懷未一論蘇臺菊花節何處與開尊

嚴陵釣臺下作　權德輿

絶頂聳蒼翠清湍石磷磷先生晦其中天子不得臣心
靈棲顥元纓冕猶緇塵不樂禁中卧卻歸江上春潛驅

東漢風日使薄者醇焉用佐天下持此報故人則知大賢心不獨私其身弛張有深致耕釣陶天真奈何清風後擾擾論屈伸交情同市道利欲相紛綸我行訪遺臺仰古懷逸民矰繳鴻鵠遠雪霜松桂新江沈去不窮山色陵秋旻人世自今古清輝照無垠

宿桐廬館同崔存度醉後作　白居易

江海漂漂共旅游一尊相勸散窮愁夜深醒後愁還在雨滴梧桐山館秋

馮李睦州訪徐凝山人凝即睦州之民也

郡守輕詩客鄉人薄釣翁解憐徐處士唯有李郎中

嚴陵集卷一

欽定四庫全書

嚴陵集卷二

宋 董棻 編

詩

桐廬山中贈李明府 孟郊

靜境無濁氛清雨零碧雲千山不隱響一葉動亦聞即此佳志士精微誰相羣欲識楚（一作此）章句袖中蘭茝薰

題嚴光釣臺 歐陽詹

弭櫂歷陳迹悄然關我情伊無昔時節豈有今時名辭貴不辭賤是心誰復行欽哉此溪曲永獨英風清

送友人喻坦之歸睦州 韓翃

歸心常共知歸路不相隨彼此無依倚東西又別離山花含雨潤江樹逆潮欹莫想漁樵興人生各有為

送徐山人歸睦州舊隱 雍陶

君在桐廬何處住草堂應與戴家鄰初歸山犬翻驚主久別江鷗卻避人終日欲為相逐計臨時空羨獨行身

秋風釣艇遥相憶七里灘西片月新

嚴子陵 唐彥謙

嚴陵情性是真狂抵觸三公傲帝王不怕舊交嗔僭越
唤他侯霸作君房

送劉崇傴尉睦州建德縣 張祜

一命前途遠雙曹公邑閑夜潮人到郭春霧鳥啼山淺
瀨橫沙堰高巖峻石斑不堪曾倚櫂猶復夢升攀

晚泊七里灘 許渾

天晚日沈沈歸船繫柳陰江郵平見寺山郭遠聞砧樹密猿聲響波澄鴈影深榮名暫時事誰識子陵心

思桐廬舊居便送鑑上人　溫庭筠

莫道東南路不賒思歸一步是天涯林中夜半雙臺月（嚴光釣渚有東臺西臺）洲上春深九里花（桐廬有九里洲）綠樹遶郵含細雨寒潮背郭卷平砂聞師卻到鄉中去為我殷勤謝酒家

春日旅舍言懷　李頻

未識東西南北路青春日月坐銷難如何一别故鄉後五度花開五處看

及第後歸新定

家臨淛水傍岸對買臣鄉縱櫂隨歸鳥乘潮向夕陽苦吟身得雪甘意鬢成霜況此年猶少酬身足自强

春日思歸

春晴不斷若連環一夕思歸鬢欲斑壯志未酬三尺劍故鄉空隔萬重山音書斷絶干戈後親友相逢夢寢間

卻羨浮雲與飛鳥因風吹去又吹還

還壽昌過西嶺下贈婦

魏䭾家前幾樹花嶺西還有數千家石斑魚鮓香衝鼻

淺水沙田飯繞牙

自黔中歸新定

朝過春關辭北闕莫參戎幕向南巴卻將仙桂東歸去

江月隨人直到家

貽友人喻坦之

從容心自別飲水勝銜杯共在山中長相隨闕下來修

身空有道取事各無媒不信清平代終遺草澤才

白雲亭　羅萬象

一池荷葉衣無盡數樹松花食有餘剛被世人知住處

不如依舊再移居

寄李頻　方干

衆木又搖落望君還不還軒車在何處雨雪滿前山思

苦文星動鄉遥釣渚閑明年見名姓唯我獨何顔

途中逢孫輅因得李頻消息

灞上寒仍在柔條亦自新山河雖度臘雨雪未知春正憶同袍者堪逢共國人銜杯益無語與爾轉相親

題桐廬謝逸人江居

少小髙眠無一字五侯勲盛欲如何潮邊倚竹寒吟苦石上横琴夜醉多鳥自樹梢隨果落人從窻外卸颿過由來朝市為真隱可要棲身向薜蘿

睦州吕郎中郡中環翠亭

爲是仙才登望處風光便似武陵春閑花半落猶迷蝶白鳥雙飛不避人樹影興餘侵枕簟荷香坐久著衣巾暫來此地非多日明主那容借寇恂

與鄉人鑑休上人别

此日因師話鄉里故鄉風土我偏諳一卮竹葉如溪北半樹梅花似嶺南山夜獵徒多信犬雨天邨舍未催蠶如今休作還家意兩鬢垂絲已不堪

方著作畫竹

疊葉與高節俱從毫末生留傳千古譽研鍊十年情向月本無影臨風疑有聲吾家釣臺畔似此兩三莖

莫發七里灘夜泊嚴先臺下

一瞬即七里箭馳猶是難檣邊走嵐翠枕底失風湍但訝猿鳥定不知霜月寒前賢竟何益此地誤垂竿

山中

散拙亦自遂粗將猿鳥同飛泉高瀉月獨樹逈含風果落盤盂上雲生篋笥中未甘明聖日終作釣魚翁

與清溪趙明府

清規暫趨府獨立與誰親遂性無非醉求閑卻愛貧林泉應入夢印綬莫留人王事閑多暇吟求幾首新

示鄉叜

莫嗇甘良謝逢人惜別離青山前代業老樹此身移買藥將衣盡尋方見字遲如何鑷殘鬢覽鏡變成絲

題烏龍山禪居

暑夜月華猶冷濕自知坐臥逼星宮晨雞未暇鳴山底

蚤日先來照屋東人世驅馳方丈内海波揺動一杯中伴師長住應難住歸去仍須入俗籠

題睦州郡中千峯榭

豈知平地似天台朱户深沈别徑開曳響露蟬穿樹去斜行沙鳥向池來窻中蚤月當琴榻牆上秋山入酒杯何事此中如世外應緣羊祜是仙才

德政上睦州胡中丞

上德由來合動天旌旗到日是豐年羣書已熟無人似

五字研成舉世傳莫道政聲同宇宙須知紫氣滿山川
豈唯里巷皆蘇息猶有恩波及釣船

與桐廬鄭明府

宇人心苦達神明何止重門夜不扃莫道耕田全種秫
兼聞退食亦逢星映林顧免停琴望隔水寒猨駐筆聽
卻恐南山盡無石南山有石合為銘

胡中丞蚤梅

不獨閑花不共時一株寒艷尚參差陵晨未噴含霜朵

應候先開亞水枝芬郁合將蘭竝茂凝明應與雪相欺
謝公吟賞愁飄落可得更拈長笛吹

山中寄吳磻

莫問終休否林中事已成槃餐憐火種歲計付刀耕掬
水皆花氣聽松似雨聲書窻翹足卧避險側身行果傍
閑軒落蒲連濕岸生禪僧知見理妻子笑無名更擬敎
詩苦何曾待酒清石溪魚不大月樹鵲多驚砌下通樵
路窻閒見縣城雲山任重疊難隔故交情

憶故山

舊山長繫念終日卧邊亭道路知已遠夢魂空再經秋泉涼好引亂鶴靜宜聽獨上高樓望蓬身且未寧

送王翁登科後歸江東

南行無俗侶秋鴈與寒雲野性自心愜鄉名人共聞吳山中路斷淅水半江分此地登臨慣含情一送君

山中即事

趨世非身事山中適性情野花多異色幽鳥少凡聲樹

影摟涼卧苔光破碧行閑尋采藥處仙路漸分明

陪睦州胡中丞泛江

仙舟仙樂醉行春上界稀逢下界人綺繡峯前聞野鶴旌旗影裏見游鱗澄潭徹底齊心鏡雜樹含芳讓錦茵凡許從容誰不幸就中光顯是州民

初歸故里

常思舊里欲歸難已作歸心即自寛此日蚕知無爵位當時便合把漁竿朝昏入閏春將逼城邑多山夏卻寒

不是幽愚望榮忝君侯異禮亦何安

歸睦州中路寄侯郎中

顔巷蕭條知命後膺門感激受恩初卻容鶴髮還蝸舍猶夢漁竿從隼旟新定莫雲吞故國會稽春草入貧居鄉中自古為儒者誰得公侯降尺書

侯郎中新置西湖

遠近利民因智力周回潤物像心源菰蒲縱或生成惠鱣鮪那知廣大恩瀲灧清煇吞半郭縈紆別派入遥村

砂泉遶石通山脉岸木黏苹是浪痕已見澄来連鏡底
兼知極處浸雲根波濤不起時方泰舟檝徐行日易昏
煙霧未應藏島嶼鳧鷺亦解避旌幡雖云桃葉歌還醉
却被荷花笑不言孤鶴必應思鳳詔凡魚豈合在龍門
能將盛事添元化一夕機謨萬古存

歲晚言事寄鄉中親友

急景蒼茫晝若昏夜風乾峭觸前軒寒威半入龍蛇窟
煖氣全歸草樹根蠟燼凝來多碧焰香膠滴處有冰痕

尺書未達年應老先被新春入故園

項處士畫水墨釣臺

畫石畫松無兩般猶嫌瀑布畫聲難雖云智慧生靈府
要且功夫在筆端潑處便連陰洞黑添來先向朽枝乾
我家曾寄雙臺下往往開圖盡日看

送睦州侯郎中赴闕

昔著政聲聞國外今留儒術化江東青雲舊路歸仙掖
白鳳新詞入聖聰弦管未知銀燭曉旗幡已待錦颿風

郡人難議酬恩德徧在三年禮遇中

桐廬江閣

風烟百變無定態緬想畫人虛損心卷箔檻前沙鳥散垂鈎牀下錦鱗沉白雲野寺凌晨磬紅樹孤邨遥夜砧此地四時抛不得非惟盛暑事開襟

偶作

直為篇章非動衆遂令軒蓋不經過未妨溪上泛漁艇又得門前張雀羅夜學自須馮雪照朝厨爭柰絶煙何

若於巖洞求偏類今古疏愚似我多

送鄉中故人

少小與君情不疏聽君細話勝家書如今若到鄉中去

道我垂鈎不釣魚

思江南

昨日草枯今日青羇人又動望鄉情夜來有夢登歸路

不到桐廬已及明

懷桐江舊居

長向新郊話故園四時清峭似山源春潮撼動鶯花郭秋雨開藏砧杵邨市井多通諸國貨鄉音自是一方言此中別有無歸計唯把歸心付酒尊

贈桐谿主人

嶺猿沙鶴似同游竹汊荷灣可漾舟更入深溪見溪主蒼苔石上卧垂鉤

題懸溜巖隱者居

世人如要問生涯滿架堆牀是五車谷鳥莫嬋聲四散

脩篁灌木勢交加蒲葵細織團圓扇畦菜平鋪合還花
郤用水荷包綠李兼將寒井浸甘瓜慣緣險峭妝松粉
常趁芳鮮掇茗芽池上樹陰隨浪動窗前月影被巢遮
坐雲獨酌杯槃濕穿竹微吟路徑斜見說公卿訪遺逸
逢迎亦是戴烏紗

題仙巖瀑布呈陳明甫

方知激蹙與飛噴直恐古今同一時遠壑流來多石脉
寒空撲碎作淩澌謝公巖上衝雲去織女星邊落地遲

聚向山前更誰測深沈見底是澄漪

書桃花塢周處士壁

醉吟雪月思深苦思苦神勞新髮生自學古賢修靜節唯應野鶴識高情細泉出石飛難盡孤燭和雲濕不明何事懶於嵇叔夜更無書札荅公卿

法華寺

砌下雙顛有鶴棲孤猿亦在鶴邊啼卧聞雷雨歸巖蚤坐見星辰去地低一徑穿緣應就郭千花掩映似無溪

是非生死多憂惱此日蒙師為破迷

贈方干　吴融

把筆盡為詩何人敵夫子句滿天下口名聒天下耳不識朝不識市曠消遥閑徙倚一杯酒無萬事一葉舟無千里衣裳白雲坐卧流水霜落風高忽相憶惠然見過留一夕一夕聽吟十數篇水榭林蘿為岑寂拂旦舍我亦不辭攜筇徑去隨所適隨所適無處覓雲半片鶴一隻

清溪

清溪見底露蒼苔密竹垂藤鎖不開應是仙家在深處愛流花片引人來

贈方干 可鵬

盛名傳出自皇州一舉參差便縮頭月裡不無攀桂分潮中剛愛釣魚休童偷詩稾呈鄰叟客乞書題謁郡侯獨泛短舟無限興波濤西接洞庭秋

哭方先生

斗牛文星落知是先生死湖上聞哭聲門前見彈指官
無一寸禄名傳千萬里死着紙衣裳生誰念朱紫我心
痛其語淚落不能已猶喜韋補闕揚名獻天子

歸桐廬寄嚴長史 章八元

昨辭夫子櫂歸舟家在桐廬憶舊丘三徑煗時花競發
兩溪分處水爭流近聞江老傳鄉語還見家山減旅愁
或在醉中逢雪夜懷賢應向剡川游

釣臺 劉駕

澄流可濯纓嚴子但垂綸孤坐九層石遠笑清渭濱潛
龍飛上天四海豈無雲清氣不零雨安使洗塵氛我來
吟高風彷彿見斯人江月尚皎皎江石亦磷磷如何臺
下路明日又迷津

送尹蔓回睦州　厲巽

憐君授衣月遠作泛舟行江闊桐廬岸山深建德城千
尋喬木影七里莫灘聲興盡當停櫂臨流更濯纓

釣臺　唐穎

寥落荒臺七里洲賢人永逐水東流寒狐叫斷青天月千古冥冥潭樹秋

釣臺 杜荀鶴

蒼翠雲峯開俗眼泓澄烟水浸塵心唯將道業為芳餌釣得髙名直至今

清溪來明府出二子請詩因遺一絶

明珠玉潤盡驚人不稱寒門不稱貧若向吾唐作雙瑞便同祥鳳與祥麟

哭方干

何言寸禄不沾身身没詩名萬古存况有數篇關教化得無餘慶及兒孫漁樵共壘墳三尺猿鶴同棲月一村天下未寧吾道喪更誰將酒酹吟魂

桐江春望　劉仁德

江上東聲落日催紛紛擾擾起塵埃更無人望青山立空有飆衝夜色來沙鳥似雲鐘外去汀花如火雨中開可憐蕭灑鴟夷子散髮扁舟竟不回

聞進士許郴罷舉歸睦州悵然懷寄　鄭谷

桐廬歸舊廬垂老復樵漁吾子雖言命鄉人懶讀書烟舟撐晚瀨雨屐剪春蔬異代名方振哀吟莫廢初

題清溪方仙翁廟　高駢

清溪道士人不識上天下天鶴一隻洞房深鎖壁窗寒滴露研朱寫周易

引泉詩　睦州龍興觀老君院作　陸龜蒙

上嗣位六載吾宗刺桐川余來拜旌戟詔下之明年是

時春三月繞郭花蟬聯嵐盤百萬髻上插黃金鈿授以
道士館置榻于東偏滿院聲碧樹空堂形老仙本性樂
凝澹及來更虛玄焚香禮真像盥手披靈編新定山角
角烏龍獨巉然除非淨晴日不見蒼崖顛上有挐雲峰
下有噴壑泉泉分數十叉落處皆啨潺寒聲入爛醉聒
破西窗眠支筇起獨尋只在牆東邊呼僮具畚鍤立鑿
莓苔穿漾叢漴派墮練帶橫斜牽亂石抛落落寒流響
濺濺狂奴七里瀨縮到踈楹前跳光潑半散涌沫飛漩

圓勢東三峽挂瀉危孤磴縣曾閶瑶池溜亦灌朱草田
鳬伯弄翠紫鸞雛舞丹煙陵風捩桂柂隅霧馳犀船况
當玄元家嘗著道德篇上善可比水斯文參五千精靈
若在此前惡微波傳不擬爭滴瀝還應會淪漣出門後
飛箭合勢浮青天必有學真子鹿冠秋鶴顔如能輔余
志日使踈其源

上新定宋使君二首　貫休

禪坐吟行誰與同杉松共在寂寥中碧雲詩理終難到

白藕花經講始終水疊山重擎草疏砧清月皓立霜風
十年勤苦今酬了得向桐江識謝公
寺倚烏龍腹窟中見碧稜空廊人畫祖古殿鶴窺鐙風
吼深松雪鑪寒一鼎冰唯應謝内史知此道心澄

寄桐江馮使君四首

山風與霜氣浩浩滿松枝永日燒杉子無人共此時為
文攀諷諫得道在毫釐唯有桐江守常憐志不早
端居碧雲莫好鳥啼紅芳滿郭桃李熟卷簾風雨香清

吟繡段句默念芙蓉章未得歸山去頻升謝守堂

山東山色勝諸山謝守清高不可攀薄俗盡於言下泰
苦心唯到醉中閑香凝錦帳抄書後月轉棠陰放客還
野客霑恩歸未得蕭蕭霜葉滿柴關

瓦礫文章豈有媒兩三年只在金臺本師頭白須歸去
太守門清願再來皓皓玉霜孤雁遠蕭蕭松島片颿開
從茲林下終無事唯有焚香祝上台

秋寄李頻使君二首

為郎須塞詔當路亦馳驅貴不因人得清還似句無燒
煙連宴白山藥晒階枯想得徵黄詔如今已在途
務簡趣難陪清吟坐緑苔葉和秋蟻落僧帶野香來留
客朝嘗酒憂民夜晝灰終期冒風雪江上見宗雷

寄新定桂雖

獨自住烏龍鄰應是衲僧句須人未道君此事偏能搗
濕雲霾觀溪寒月照罾相思不可見江上立騰騰

寄烏龍山賈秦處士

庭果色如丹相思夕照殘雲邊蹋燒去月下把書看澗
水仙居共窗風漆樹寒吾君方仄席未可便懷安

桐江閑居作五首

木落雨脩脩桐江古岸頭擬歸仙掌去剛被謝公留猛
燒侵茶塢殘霞照角樓坐來還有意流水向前流
香刹通真觀樓臺倚郡城陰森古樹氣羸淡老僧情壁
畫連山潤仙鐘扣月清何須結西社大道本無生
靜室焚檀印深鑪燒鐵鉼茶和阿魏煖火種柏根馨數

叟呼來鶴成堆讀了經何妨似支遁騎馬入青冥

不問庚桑子唯師妙吉祥等閑眠片石不覺到斜陽獨

自收櫧葉教童采栢瓢王孫莫相笑淡泊味還長

露滴滴衡茆秋成爽氣交霜稗如蜜裹岡莒似鹽苞淨

癬侵蚤穴微陽落鶴巢還如山裏日門更絕人敲

對雪寄新定馮使君二首

仙掌空思歸未能焚香瞑目對殘鐙豈知瑞雪千山合

空覺春寒半夜增翳月素雲籠粉堞堆巢孤鶴下金繩

因思太守憂民切吟對瓊枝喜不勝

政化由來通上靈豐年祥瑞滿窗明氣嚴坐久鐙凝燄

片大更深屋作聲飄奄烟霞何處去欹斜杉竹向簾傾

雪林中客雖無事還有新詩半夜成

登千霄亭 巳下六首陪馮使君游

攤節捫蘿山屐輕飄飄紅旆在青冥仙科朱紱言非貴

溪鳥林泉癖愛聽古桂林邊碁局濕白雲堆裏茗煙青

因思廬岳彌天客手把金書倚石屏

游靈泉院

珂佩諠諠滿路歧亂泉聲裡扣禪扉對花語合希夷境坐石苔黏黼黻衣鳥啄古杉雲冉冉風吹清磬露霏霏惠嚴亦有孤峯在只戀龡經未得歸

過相思嶺

譽自馨香道自怡相思嶺上卻無機荒渠葉覆深霞在片石人吟一鳥飛何處風砧傳古曲誰家冢樹掛斜暉因思往事堪悲笑鶴背魚竿未是歸

錦沙埻

臨水登山興自奇錦沙埻上最多時雖云髮白孤峯好
其柰名清聖主知草媚蓮塘資逸步雲生松磴有新詩
翛然别是神仙趣豈羨東山妓樂隨

釣罾潭

境靜江澄無事時紅旌畫鷁動魚磯心期只是行春去
日暮還應得鶴歸風破綺霞山寺出人歌白雪島花飛
自憐亦在仙舟上玉浪飜飜濺草衣

迎仙閣

澗香霞影遶樓臺卷箔凭欄耳目開况從旌旗近鸞鳳可憐譚笑出塵埃火雲不入長松徑露茗何須白玉杯誰道迎仙仙不至今朝還有謝公來

夏雨登干霄亭上宋使君二首

霽色澄鮮螮飲虹干霄亭上望無窮蟬驚殘雨疑秋蚤雷傍嚴城報歲豐歸廟片雲銜紫電立查雙鶴唳仙風自憐四郡干戈日得在文翁教化中

鄒魯封疆禾稼濃清吟孤坐思重重新詩幾獻蓬萊客
遠夢仍歸菡萏峯野果一枝堪薦茗落霞數片欲燒松
如何深得冥搜癖月磬聲聲歸去慵

宋使君罷新定移出東館二首

無為政化更何為到即生人嫗煦肥必似漢高三傑去
且將劉寵一錢歸玉階香惹麒麟步銀漢風驅鵷鷺飛
為報烝民莫惆悵陶鈞及爾更光輝

祖筵四面煙花合江館深冬歸思長火旆畫旗風燄燄

橘洲漁舍浪茫茫聽歌幾入紅蘭榭坐隱頻升白玉堂

今歎不如沙磧雁天邊一一得隨陽

寄杭州宋使君 公初罷睦州

一自雙旌下釣臺望風吟苦凍雲開即歸紫闥天非遠

猶憶烏龍首獨回高節似僧僧共坐莫潮如雪雪中來

應知新定蒼生淚灑向東風祝上台

游嚴陵釣臺

雪浪皚皚萬古情岸邊臺占子陵名一時大器天將與

數尺漁竿誰不擎危樹髙碑鐫籀字滄洲老鶴識先生
游人到此慵歸去庭樹孤猿有好聲

新定江邊作

江邊山頂深秋時身閑蕭灑心無為石頭青草取次坐
松風竹風撩亂吹數聲好鳥來依我一點征颿去是誰
惆悵古賢何處在瀨溪夕照滿江湄日落山照曜即此處也

嚴陵集卷二

嚴陵集卷三

宋 董棻 編

詩

送桐廬知縣刁貟外 李昉

詞筆凌雲正後生安貧守道往神京 昔年南國無虛譽今日中朝有令名楊柳岸邊攜袂去木蘭舟裏載書行琴堂莫作多時計碧落方開萬里程

送桐廬員外繼承旨尚書作 扈蒙

王謝高門江鮑才東游何用更裒回弦歌好就吳鄉拜
簪組初從魏闕來清酒一尊攜瀲艷舊詩千首貯瓊瑰
健風輕棹須行樂莫效當時庾信哀

憫旱 田錫

下車歲逢旱禱廟望秋成火輪轉曈曨赤日彌高明稻
苗已枯死麥壠不堪耕 闕

釣臺 劉昌言

漢業中微炎祚衰四海姦豪竊神器南陽龍虎方鬬爭
赤符真人正天位先生高隱來富春耕耒青山自如意
一竿魚釣樂深深七里溪光樂蒼翠中朝天子思故人
物色環中引其類先生獨步衣羊裘咳唾浮雲輕富貴
足加帝腹旁無人星動天文失躔次卓哉光武真聖君
終使狂奴畢高志雲臺千尺盡功臣誰肯回顧釣臺地

又

不會持竿意由來善一身何如事天子就削漢功臣亂

木凋雲際幽禽散水濵空餘臺下月千載屬漁人

畱題釣臺　曾有開

昔日狂奴向此來愛垂芳餌上崔嵬鄉人不識釣臺意空指山頭是釣臺

贈方江二君　丁謂

偶向嚴堂弔子陵布衣攜手遠相迎乍親冠蓋談諧少久住林泉骨相清正好辛勤緣齒少最難遭遇是時平李頻鄉黨元英裔皆合工詩取盛名

釣臺 范師道

乾坤交泰重彌綸當日嚴陵道最淳大漢中興得英主
先生高退作閒人灘頭風月遺千古臺上綸竿寄一身
今日病夫祠下過獨知疲懦長精神

題釣臺 張保雝

漢包六合網英豪一箇冥鴻惜羽毛世祖功臣三十二
雲臺何似釣臺高

謫守睦州作 范仲淹

重父必重母正邦先正家一心回主意十口向天涯銅虎恩猶厚鱸魚味復佳聖明何以報沒齒願無邪

赴桐廬郡淮上遇風三首　范仲淹

聖宋非强楚清淮異汨羅平生仗忠信盡室任風波舟楫顛危甚蛟龍出沒多斜陽幸無事沽酒聽漁歌

妻子休生咎勞生險自多商人豈有罪同我在風波

一櫂危于葉傍觀亦損神他時在平地無忽險中人

出守桐廬道中十絶　范仲淹

壠上帶經人金門齒諫臣雷電日有犯始可報君親
君恩太山重爾命鴻毛輕一意懼千古敢懷妻子榮
妻子屢牽衣出門投禍機寧知白日照猶得虎符歸
分符江外去人笑似騷人不道鱸魚美還堪養病身
有病甘長廢無機若直言江山藏拙好何敢望天閽
天閽變化地所好必真龍輙意正迂闊悠然輕萬鍾
萬鍾誰不慕意氣蒲堂金必若枉此道傷哉非素心
素心愛雲水此日東南行笑解塵纓處滄浪無限清

滄浪清可愛白鳥鑑中飛不信有京洛風塵化客衣
風塵日已遠郡枕子陵溪始見神龜樂優優尾在泥

依韻和嘉興葉道卿學士　范仲淹

世傳學干祿小子乃逢辰一入諫諍司鴻毛忽其身可
負萬乘主甘為三黜人豈量堯舜心如日照孤臣薄責
落善地雅尚過朝倫僅同龜在泥敢冀蠖求伸朱樓逼
清江下睨百丈鱗羨此南魚樂不忍持鈎綸為郡良優
優之才止循循恬愉弗擾外何以慰下民拙可存吾樸

靜可逸吾神漸得疎懶味下車將四旬嘉興風雅來觀
對如大賓感茲韶夏音佐我臺上春

新定感興五首 范仲淹

數仞黃堂上題名僅百賢孤高宋開府千載可拳拳

山水真名郡恩多補諫官中間好田錫風月亦盤桓

風物皆堪喜民靈獨可哀稀逢賢太守多是謫官來

去國三千里風波豈不賒回思洞庭險無限勝長沙

江上多嘉客清歌進白醪靈均良可笑終日著離騷

游烏龍寺　范仲淹

高嵐指天近遠溜出山遲萬事不到處白雲無盡時異花啼鳥樂靈草隱人知信是棲真地林僧半雪眉

江干閒望　范仲淹

江干日清曠寓目一楮笻落葉信流水歸雲識舊峯蘭蓀誰共採凫鴈自相從莫愛蘋風起波來千萬重

和章岷推官登承天寺竹閣　范仲淹

僧閣倚寒竹幽襟聊一開清風曾未足明月可重來晚

意烟垂草秋姿露滴苔佳賓何以佇雲瑟與霞杯

齋中偶書　范仲淹

狂愚多苦口幽遠獨甘心言路有餘責權門無去音忘憂時叩易思古即援琴此意誰相和寥寥鶴在陰

依韻酬周騤太傅同年　范仲淹

孰敢先懷富春圖良時須惜幾嗟吁衆人可致巍巍主上意思平兩兩符不稱内朝裨耳目多慚外補救皮膚子陵灘畔觀漁釣無限殘陽媚綠蒲

依韻答胡侍郎見寄 范仲淹

千年風采逢明主一寸襟靈慕昔賢待看朝廷興禮讓
天衢何敢鬬先鞭

蕭灑桐廬郡十絶 范仲淹

蕭灑桐廬郡烏龍山靄中使君無一事心共白雲空

蕭灑桐廬郡開軒即解顔勞生一何幸日日面青山

蕭灑桐廬郡全家長道情不聞歌舞事遶舍石泉聲

蕭灑桐廬郡公餘午睡濃人生安樂處誰復問千鐘

蕭灑桐廬郡家家竹引泉令人思杜牧無處不潺湲
蕭灑桐廬郡春山半是茶輕雷還好事驚起雨前芽
蕭灑桐廬郡千家起畫樓相呼采蓮去笑上木蘭舟
蕭灑桐廬郡清潭百丈餘溪翁應有道所得是嘉魚
蕭灑桐廬郡身閒性亦靈降真香一炷欲老悟黃庭
蕭灑桐廬郡嚴陵舊釣臺江山如不勝光武肯教來

桐廬郡齋書事　范仲淹

千峯秀處白雲驕吏隱雲邊豈待招數仞堂高誰富貴

一枝巢穩自逍遥杯中好物閒宜進林下幽人静可邀

莫道官清無歲計滿山芝术長靈苗

和葛寺丞接花歌 范仲淹

江城有卒老且貧顦顇抱關良苦辛衆中忽聞語聲好

知是北來京洛人我始問云何至是欲語汍瀾墜雙淚

斯須收淚始能言生自東都富貴地家有城南錦繡園

少年止以花為事黄金用盡無他能却作瓊林苑中吏

年年中使先春來曉宣口敕修花臺奇芬異卉百餘品

求新換舊爭栽培猶恐君王厭顏色羣芳只是尋常開
幸有神仙接花術更向城中求絕匹梁王苑裏索妍姿
石氏園中搜淑質金刀玉尺裁量妙香膏膩壤彌縫密
回得君王造化工五色敷華異平日一朝寵愛歸牡丹
千花相笑妖嬈難竊藥嫦娥新換骨嬋娟不似人間看
太平天子春遊好金明柳色籠黃道道南樓殿五雲高
鈞天捧上蓬萊島四邊桃李不勝春何況花王對玉宸
國色晶明動韶景天香旖旎飄芳塵特奏霓裳羽衣曲

千官獻壽羅星辰允說臨軒逾數刻花吏此時方得色
白銀紅錦滿紅床拜賜仗前生羽翼惟觀風景不憂心
一心歲歲供春職中途得罷情多故刻木在前何故訴
竄來江外知幾年骨肉無音鴈空度北人情況異南人
蕭灑溪山苦無趣子規啼處血為花黃梅熟時雨如霧
多愁多悵信傷人今年不及去年身目昏耳重精力減
復有鄉人難具陳我聞此言聊悒悒近曾侍從班中立
朝違日下莫天涯不學爾曹向隅泣人生榮辱如浮雲

悠悠天地胡能執賈誼文才動漢家當時不免來長沙
幽求功業開元盛亦作流人過梅嶺我無一事逮古人
謫官却得神仙境自可優優樂名教曾不棲棲弔形影
接花之枝爾則奇江鄉卑濕何能施吾皇又詔還淳朴
組繡文章皆棄遺上林將議賜民畝似昔繁華徒爾為
西都尚有名園處我欲抽身希白傅一日天恩放爾歸
相逐栽花洛陽去

移守姑蘇宿方干舊居　范仲淹

姑蘇從古號繁華却戀巖邊與水涯重入白雲尋釣瀨更隨明月宿詩家山人驚戴烏紗出溪女笑依紅杏遮來蚤又抛泉石去茫茫榮利一吁嗟

圖方處士像于嚴公堂東壁畱二十八字　范仲淹

風雅先生舊隱存子陵臺下白雲村唐朝三百年冠蓋誰聚詩書到遠孫

題方先輩山居　范仲淹

高尚寄先君巖居與俗分有泉皆漱石無地不生雲鄰

里多垂釣兒孫半屬文幽蘭在深處終日自清芬

留題江先輩舊居　范仲淹

結舍近滄洲江山不外求我來明月夜更得主人留

釣臺　章岷

乘興訪遺基扁舟宿煙渚水淨寫天形山空答人語風篁自成韻霜葉紛如雨寒亭莫響清飢猿夜啼苦疑將洞府接似與人寰阻不羨重城中喧喧聽笳鼓

陪范公登承天寺竹閣　章岷

古寺依山起幽軒對竹開翠陰當晝合涼氣逼人來夜
影踈排月秋鞭瘦出苔雙旌容託乘此地舉茶杯

和范公同章推官登承天寺竹閣 阮逸

竹石寒相倚雲窻曉共開閒身方外去幽意靜中來墜
響風隨籜移陰日上苔遲留秋更夜待月露盈杯

高峯閣詠

獨愛高峯最上頭夕陽煙樹見嚴州子陵貪向溪邊釣
應未曾來此地遊

嚴陵集卷三

嚴陵集卷四

宋 董棻 編

詩

杜少卿知睦州 宋祁

三年去國别堯雲一篋書空此謗分賈誼有才偏隕涕屈原何賦不思君諫囊久晦沈餘草綬笥重開續舊薰幾日班春向桑野漢家新詔十行文

留題子陵釣臺 蔡襄

遁世巢由志能忘將相權人瞻祠樹古天作釣臺圓孤迹千秋外遺蹤一水邊清風敦薄俗豈是愛林泉

至睦州 蔡襄

一帶滄波兩向山扁舟中去幾時還浮生多半在離別此意明知未肯閒

子陵二首 李師中

阿諛順旨為深戒遠比夷齊氣更豪半夜光芒侵帝坐

有誰曾似客星高

社稷功名出隱淪天高聽遠亦應聞龐眉一去無人問

七里商山但白雲

寄睦州蘇七使君　張伯玉

闊步曾飛到廣寒一麾聊頓野雲間蟠虬澗底未失水

鶚在籠中且看山舊日笑談猶壯否近來書信亦稀還

嚴灘桐嶺宜秋醉却恐才高不奈閒

桐廬蘇七太守通判晏魯望遠寄倡和之什輒伸

紀美 余時校此州監郡張伯玉

桐君圍外州樹石最清幽水截三吳秀山當百粵秋巖峒無俗土宅舍有高樓畫隼真才望題輿雅倡酬灘聲環醉枕鷺影入茶甌蚤晚陪清躅梯雲奉俊游

寄新定蘇七太守 張伯玉

聞道銀符渡睦溪桐山應為長清暉漁翁幾十迎舟拜沙鳥成雙夾旆飛點檢簿書茶貢早體量風物橘奴肥題輿自媿來何晚未得雲中矚使威

之官新定同年李郎中以詩賦別即事感懷次韻上答　張伯玉

雨後驚濤激箭催為君停櫂把離杯宦游向老令人笑別恨傷春觸處來故國未歸江令宅全家且上子陵臺如今遇酒伸眉醉休問多才與不才

之官新定寓興三首　張伯玉

關山雨雪征人淚京洛風塵倦客心誰信子陵溪上去一川秋淨滌煩襟

汴水東浮不繫舟到官無事只輕鷗不才自古饒天幸
請却俸錢溪上游
溪山千古絶浮埃時拂朝衣上釣臺却恐被他漁父笑
糟醨不啜又閒來
之官新定却寄并州通判王幾道 張伯玉
新定與并門天南天北人扁舟江外客别乘塞垣身朔
馬驚鳴槖秋鱸上釣綸何時叙離闊把酒碧嵩春
七里灘 張伯玉

漱玉鳴珠七里灘到今猶照客星寒盧奴有水徒千頃

未得高賢一瞬看

舟次子陵釣臺　張伯玉

十載從軍去又來強為顏面走塵埃久慙簪笏未歸去

且喜妻孥共此來旋擷岸蔬供野飯欲題巖壁拂蒼苔

子陵昔日誠高趣未必全家上釣臺

睦州　張伯玉

千家樓閣麗朝暉人到于今說釣磯雨後數峯驕欲鬬

春來兩港活如飛高吟多謝沈家令中酒長憐杜紫微更愛嚴城無鎖處白雲搖漾去還歸

送交代倅車晏十一魯望

魯望江南客風騷獵將壇高吟得意處清韻逼人寒場屋聲華舊襟靈渤澥寬閨門盡羔鴈庭野列芝蘭僶勉來新定淹畱就小官酒論浩劫飲山欲上天看待月高峯寺高峯寺在郡東絕頂聽猿七里灘入雲移翠蕩鑿石引鳴湍曾望跡北山泉於後閣為玉泉軒又閒予好竹特徙數百本尤為清絕一日交符去芳風

善繼難紅塵久離闊白首此相歡闕兩句留方醫鶴郄池二鶴久病遺方醫之闕䀹别遺漁竿魯望常于嚴灘自作釣竿尤得其妙既去持以䀹余虎闕寧知用松筠幸未殘路長分驥騄火烈辨琅玕闕際多平仲鴒原有謝安卷舒知自得不用苦彈冠

監州新定卻寄并州舊僚　張伯玉

久從光祿長城戍卻到嚴陵舊釣灘休問簿書邊報急且聽宅舍水聲寒舟浮南渡雲千里睡起東窻日數竿寄語晉溪溪上月楚天雖遠一般看

同年李郎中以詩見寄仍許見過次韻和答　張伯玉

新定溪山國病懷忻所依桐君談藥妙嚴瀨得魚肥吏退抄書譜朋來典道衣軒東如過我春酒上苔磯

烏龍寺祈雨回馬上口占　張伯玉

官曹苦羈束祈靈得幽便夾路松披闕躡石烟分練迎軒玉泉響鳴騶沙鳥散曉日破霜陰前峯靄葱蒨逶迤步高閣窕窕出雲漢坐來清思生語餘疎磬緩方將塵滓滌還憂簿書亂偃旆拂歸韉回首青猿斷

西湖樓　張伯玉

積水照層峯登臨誰與同望來生羽翼醉欲上烟空細

細濕花雨踈踈開袖風新安江上景盡屬此樓中

玉泉祈雨　張伯玉

南州富湲射萬壑縱奔瀨茲泉一何高夐與寥廓對邈

非猿鳥到迅恐巖磩碎霜落天地清玉立江海外人區

未蒙澤蛟龍茲有待淺石諒難渟當與雲漲會

登烏龍山寺閣　張伯玉

桐川本無塵況此幽閣迥萬木含秋聲一軒與天淨前
峯翠分滴後谷語相應檻下江雲歸檐前古雪凝巖僧
對游客湛若寒水瑩百慮緣心空獨飯隨疎磬嗟余本
林壑謬與世紛競一作市朝人幾傷麋鹿性舊山别來
久蘿蔓鎖幽徑長恐客沈深未得歸期定息巾來此境
時覺襟韻勝猶媿招隱心聊為小山詠

後菴試茶　張伯玉

郡僻好藏身心閒久無事前軒飽食罷後菴取茶試巖

邊啟茶鑰溪畔滌茶罌小竈松火然深鐺雪花沸甌中盡餘綠物外有深意濫官來此游時得拂塵累莫笑後菴茶閒中好滋味

郡齋閒步　張伯玉

花木方塘小樓臺宅院深以何消俸祿無事住山林雨雪羈游路風沙苦戰心若論當此景不啻萬黃金

到新定後却寄蘇州蔣侍郎　張伯玉

遂翁亭畔碧桃開招隱溪頭畫舫回曾奉雲鴻此真賞

到今羽翼出塵埃閒窺玉字書千卷渴飲金莖露一杯
別後霜天苦寥廓海雲深處望公台

自新定沿牒三衢舟中寓興寄所知　張伯玉

井落甌閩近鄉亭百越連一萍游宦客兩槳上灘船石
壅千層浪山圍幾匝天亂篙鳴遠嶼羣譟捧危舡峽斷
疑無路汀回復濟川林深羨沙鳥村近喜人烟豈昧垂
堂誡都由稍食牽家山舊廬在蚤晚賦歸田

舟次蘭溪却寄新定太守　張伯玉

解纜向蕭瑟敘別喜英豪野水征颿迴秋天醉幕高使旟標畫隼騎吹壓霜濤幾日狂酲析思君夢更勞

新安江舟中奉酬孫觀書記　張伯玉

十年塞外憶江山（余從事太原十年）今日扁舟縱眼看西岸野花紅似簇避人沙鳥起成團放懷自古酒為得老筆到令詩最難君解高吟我方飲幾人能共此清歡

送清溪鄭中舍官滿還京　張伯玉

鄭寀金閨彦年來解紱歸囊裝輕劒在塲屋故人稀（鄭君

應先朝舉水館酒初罷霜江颿欲飛無煩重回首行矣近天暉

桐廬官蒲先寄杭州資政侍郎　張伯玉

海角千家郡天南一水涯倦游慚梗泛多滞喜瓜時弱羽誠難振危根只自持九門嘗際遇百步亦參差某發忝進士第再以書判拔萃登科又以賢良方正待詔而才實無取時謂濫吹萬壑噴霆霧千峯出險巇牢愁客星見孤節澗松知賀厦寧無託披雲幸有期魯堂金石地商欲再言詩

和王治臣新定即事 張伯玉

碧泉千脈瀉金溝，名是東南俗阜州州名取俗阜人和之義。任昉舊詩題縣石，賀齊高壘照江流。月明幾處游歸客，春色何人醉倚樓。我是江潭釣漁者，喜君相見且相留。

王治臣以余在告寵示嘉什 張伯玉

新安泉石最為佳，多病何勞養歲華。藥好幸依桐圃近，山寒惟畏酒壚賒。狂思逸客浮滄海，渴想仙人飲絳霞。欲傍重陽擕策起，菊房新小玉生芽近約史君九日龍山之飲。

次韻王治臣九日史君席上二章

楚楓丹外客颿稀水拍長天鴈字垂樂事喜逢千日酒
凭高正在九秋時吳歈調笑歌楊葉蠻鼓鏗鬨引柘枝
使騎相逢相畱飲行看車馬轡如絲

新安江碧郡樓危九日登臨醉袖垂莫笑松筠歲寒地
却勝桃李艷陽時清渟酒瑩紅螺面窈窕笙攢碧玉枝
未必尊前嘆遲莫幾人如我始牽絲

答延平王八史君望江亭見懷之什

望江亭上望桐江煙水茫然隔鎖窻擢第早同丹桂樹從軍俱在碧油幢（慶歷初予與治臣俱在征西幙）天遥皓月入千里書託紅鱗錦一雙開府時多家令瘦酒旗猶恐未相降（兄大詫延平酒美僕因幸爾自負）

釣臺　張伯玉

盡逐鯨鯢掃八區故人惟我更無餘雲臺功將任圖畫天上客星閒卷舒若把殺人來逐鹿爭似全身歸釣魚先生有意羲皇外不為林泉傲帝居

罷新定至錢塘喜見孫觀書記　張伯玉

桐江揚袂叠三年把臂重來講舊篇陌上風塵成底事鬢邊霜雪但依然虬蟠我亦思滄海鶚薦君方上碧天孫以諸侯薦將改官忍把離杯又拋擲别愁紛汨滿春烟

至和中得倅新定今領福唐再經此郡感舊書懷因呈史君劉孝叔　張伯玉

十年前倅此州來平日風情尚壯哉玉水聲中寒濯筆石楠香裏夜銜杯郡城外有玉泉菴最為絕景又倅廳前有石楠一本陰合庭中凡飲食不

須帝幕可憐白首成何事猶得紅旌向此回太守故人應笑我踐言堪媿子陵臺余倅郡時年甫三十蚤有退休意于今未得已故有是句

飯芝川村舍新定郡山後張伯玉

嫩苗漸漸頭角秀柔桑褭褭陰影輕茅簷飯起上馬去一聲雨後黃鸝鳴

宿普光寺去州城三十五里張伯玉

無端未得歸林下又向南方擁使麾夜宿禪關更蕭灑一軒寒月照清池

宿桐廬縣江口

桐廬江水碧萬丈見游魚元是新安水流從下瀨初新安江水纔下七里灘至此　清風寒到底明月靜涵虚塵土誰難濯人心自不如

桐廬寺曉鐘

扁舟下桐圃霜月滿寒潭踈鐘一聲起清興天地叅從容逗萬壑窈窕出層嵐羈魂不成寐洗耳滌塵貪

桐江口見雪

無諸地無霜福唐號無諸城從古困炎熱曉出桐江口喜見羣峯雪酌酒髙颿下歸思滿寥泬從今不繫舟泛泛老清徹

出七里瀧口望桐廬縣 張伯玉

瀧口波自平滄洲分兩溪辛勤下百粤乍出天一涯近入桐廬市潮水溢中泜不聞湍瀨聲沙鳥浩然飛物我兩俱適吾亦浩然歸

龍門巖 張伯玉

未到于陵灘先見龍門石萬物鎮羣峯闖然聳雙壁清泉界中道亢若高門闢樵童走深徑漁戶掩沈碧白首釣魚郎不知有行客

至睦州泊新安江口　張伯玉

前歲過此州手持七閩節雖遠敢憚勞闕巒遲明發回瞻七里瀨何日榜舟歇幸得滿三年解符下甌越却到新安江依然舊澄澈斂巾照江水無白可添髮州人多故吏余嘗倅郡羅列皆罄折問我此去心復有何施設與言

顧諸老謝爾相慰悅此度歸來心可共嚴陵說

港口渡　張伯玉

三月悲風瑟瑟寒小船舟檝渡溪難日高待得過岸去回首修篁千萬竿

送睦州丁郎中　張伯玉

雨後桐江木葉稀坐棠無事枕閒欹扁舟幾認嚴君釣古壁多逢沈令詩夜靜好當輪省宿曉寒堪憶趁朝時山城寂寞郎官貴想對秋風動所思

寄睦州朱少卿　葛閎

何幸鄉枌託使麾憶曾淮滋見風儀泉分龍岫成新釀廟鎖瓊蕤換舊枝（維揚后土廟有瓊花）二水清涵潭月夜千峯晴捲雪雲時向來蕭灑稱名郡少緩龔黃次補期

經大洋吳氏别業　葛閎

漸老故人少與君茲晤言方山共鄰里好時舊田園溪色寒生枕松陰翠入軒猶憐巾子在相對舉清尊（予明道中與郜隱之王君章有巾子山聯句之作）

新定望湖樓　葛閎

龍盤山影倒寒流十里屏風翠入樓畫筆肯歸涵碧手劉夢得涵碧圖詩有落在尋常畫師手之句湖光疑對湧金秋錢塘湖門主翁愛客排三雅漁父忘機任直鉤為訪紅雲遶花島滿船歌舞按梁州

同孝叔游蕭灑亭　葛閎

昔日賢侯多興詠為憐蕭灑復潺湲一橋飛處橫牛渚孝叔新建水南浮橋二水清來見淅源沈杜有新安江見底及遠分丁字水之句竊以孝叔

政事如此

雨漲瀑泉添嶽面晚晴春草帶潮痕好風新月相留意只恐張綱擁使軒

題思范軒二首　葛閎

英豪多年去竹軒更思風節紀山樊抗言后坐遺忠美（見爰盎傳却遠慎夫人坐次故事）通使河源舊策存（文正嘗總西事）詩石欲留千古永（竹閣倡和數首太守孝叔書丹）棠陰還對一樓繁（西湖有甘棠樓亦旌德政）使君才望須相繼莫厭林間駐畫轓

天下儒宗不世勳履聲今絶豈重聞空餘逸韻傳流水

猶喜清風在此君山倚孔祠分積翠（文正初建孔祠於此山面）篆尋嚴瀨掛香雲（文正為嚴光廟記邵疎篆石）接花酬唱將三紀時拂塵篇見舊文（某嘗為接花歌文正得之于從事章君因而繼作見丹陽集）

題玉泉　葛閎

靈源曾記古篇章飛入霜筠萬丈長六月林風吹寶瑟九秋山翠拆銀潢試茶石鼎雲含液釀酒兵厨菊有香（新定茶品殊佳酒香如菊歲造多出玉泉因而命名云）到此欲知真玉性不為圓折本來方

同孝叔游玉泉 葛閎

石磴松陰一化城泉源疑透古瑤京僧知到耳此根靜

客來洗心諸慮清星紀祥光重璧合星紀吳分辰緯所聚太初歷起此

藍田霽色莫煙生小説玉煙最直李義山藍田日煖玉生煙吳子華亦曰玉煙絶此根滅

潺湲似識君將去相送出山多別情

初夏同孝叔游普光寺

魚跳蓮葉青錢小雪壓花枝玉蕊參時玫瑰盛開歌者爭折細草

使轓瞻鹿擾微風池果落鶯含滿甌春茗浮仙露一點

尖峯滴翠嵐卻逐歸舟更多景晚來雌霓挂寒潭

初夏同孝叔游朱氏園

凍醪盧橘助登臨此地相逢舊友音石潤自知梅信早池方應為玉流深詩成山色排晴砌話久花枝轉夕陰不見辟疆妨底事月樓歸去正龍吟

留題千峯榭呈孝叔

君把元英詩集披羣山依舊遶軒墀杜陵幾醉花前地謝客曾吟日落時雨過荷香薫酒美雲深泉韻透見樊川集

簾遲佳名大約稱千數百萬嵐盤一一奇

題新定郡齋寄孝叔二首

主人今向日邊歸猶有清香滿謝池為囑西風莫搖落
不禁顦顇夕陽時

右後池荷

花意知君改外臺亂紅飛盡見蒼苔縱教顏色明年在
前度劉郎肯再來

右賞春亭

留題玉泉山堂　葛閎

動非緣境靜非禪物物前塵現四天此地筌蹄求妙論有時瓔珞獻諸仙欲梅泉石多秋思過夏松篁聒晝眠一箇攢眉招不至勞師香火漏沈蓮

題新定紅蕖閣　葛閎

烟卷龍綃豔格殊彩霞翻處好風俱幾杯仙露含秋色一曲蟾宮在畫圖霓裳羽衣圖見王維傳雨送清香浮酒面泉飛幽韻透城隅州民多有東南美盡應嘉招入幕無

新定旅館中作　趙湘

歳月鄉關外溪山暝色中孤城秋閉雨獨客夜聞鴻病使新顔出貧令舊業空思歸不得夢欹枕近梧桐

桐江晚望　趙湘

疊浪浸天青離愁望處生雨餘孤島暝花落一船横岸遠紅蘭濕魚狂白鳥驚無人問行客山寺暮鐘聲

莫冬新定郡樓閒望　趙湘

江城逢歳莫獨自倚樓臺積雪明孤島微陽在蚤梅水

搖氷欲泮春近鴈思回故國還如此歸心但暗催

寄新安梁殿丞　趙湘

郡狐詩句許秋供見説多閒却似慵移樹好禽來獨院上樓高雪在諸峯泉當月際摇吟影蘚自雲邊得屐蹤此興未尋頻挂夢阮公池館舊相逢

秋晚舟泊桐江　趙湘

嚴子陵邊水自流夕陽無語倚松舟乍逢風月羞為客及到溪山識盡秋移樹斷蟬初過雨立沙孤鶴偶隨鷗

鄉人旅思何曾會蘆葦蕭蕭一笛憂

題釣臺　邵炳

光武休戈詔子陵高臺時暫别烟汀當時四海皆臣妾

獨有先生占客星

酬通判楊殿丞名霖巖洞　邵炳

雲峯千仞對吾廬洞古名新郡守書須信神靈知受賜

先為靈雨遠隨車

嚴陵集卷四

欽定四庫全書

嚴陵集卷五

宋　董棻　編

詩

經嚴子陵釣臺作四首　龐籍

翠岫臨寒瀨先生老此中釣耕輕萬乘要領戒三公入宿星躔動歸來世網空何人知此意千古激澆風

道閑寧濡足時平亦括囊故人登世帝清瀨自吾鄉渭

叟非真釣商奴是詐狂先生不可問天外一鸞翔
聞箇狂奴足生平在草萊不榮升帝腹寧自踏魚臺步
武中朝下骿胝故國回滄浪重一濯京雒有塵埃
長天杳杳道冥冥一士孤風達至精雲若有心應有著
魚緣輕餌是輕生何人楚澤三年放此地家灘七里清
應宿將臣皆列土未將烟水博功名

釣臺　王安石

漢庭來見一羊裘閔默還歸舊釣舟迹似磻溪應有待

世無西伯豈能畱崎嶇馮衍才終廢寂寞桓譚道被尤
回視蒼生終不遇脫身江海更何求

詠嚴子陵 梅堯臣

不顧萬乘主不屈千戶侯手登百金魚身披一羊裘借
問此何爾心遠忘九州青山束寒瀨濺浪驚素鷗以之
為朋親安慕乘華輈老氏輕璧馬莊生惡犧牛終為蘊
玉石負古輝巖邱

讀范桐廬述嚴先生祠堂碑 梅堯臣

二蛇志不同相得蓁莽裏一蛇化為龍一蛇化為雉龍
飛上亨衢雉飛入深水為蜃得自宜潛游江海涘變化
雖覺殊有道固終始光武與嚴陵其義亦云爾所遇在
草昧既貴不為起翻然歸富春曾不相助治至今存清
芬烜赫耀圖史人傳七里灘昔日來釣此灘上水濺濺
灘下石齒齒其人不可見其事清且美有客乘朱輪徘
徊想前軌著詞刻之碑復俾存厥祀欲以廉貪夫又以
立懦士千載名不忘休哉古君子

送正仲都官知睦州　梅堯臣

每嗟相逢少常苦離别多行行復壯壯往往起悲歌古來易水上義士有荆軻捐軀思報恩飲恨歌奈何況復兒女懷牽纏如蔓蘿是以世間人鬢髪易番番喜君得郡章東君隨春波灘上嚴子祠繫船聊經過其人當漢興富貴不可羅足加天子腹傲去釣于河冬披破羊裘夏披破草蓑心中小宇宙尤哂獻玉和我慙賤丈夫豈異帶面儺未免為鬼笑誰知懼撝訶安得如君行收跡

已蹉跎空將閒歲月塵埃浪消磨正同三峽賈盡力向盤渦

送余少卿知睦州　梅堯臣

青山峽裏桐廬郡七里灘頭太守船雲霧未開藏宿鳥坡原將近見燒田養茶摘蘗新春後種橘收包小雪前民事蕭條官政簡家書時問霅溪邊

送江學士通判睦州　梅堯臣

涉淮淮水淺泝溪溪水遲君到桐廬日正值採茶時試

問嚴陵跡今復有誰知

送崔主簿赴睦州清溪　梅堯臣

舟輕不畏險逆上子陵灘七里峽天翠千重雲木寒古祠鳴野鳥亂石激春湍正與高懷愜寧歌行路難

寄建德徐元輿　梅堯臣

才子方為邑千峯對縣門靜便琴意古閒厭鳥聲喧山茗烹仍絲池蓮摘更繁訟希應詠物庭下長蘭蓀

送陳生還烏龍山舊居　蘇舜欽

百丈清溪見戲鱗嚴公祠宇與天鄰此中舊隱君歸去
笑指人寰一片塵

題子陵釣臺二首　孫沔

舊交爲帝不能邀百尺雙臺照莫濤逸跡已將山共永
清名仍與月爭高魯連解難終辭祿龍伯持傾只釣鼇
列傳古碑言未盡一灘風竹自蕭騷
中興曾作故人看抗節惟憐七里灘枯枿卧沙疑野艇
叢篁生岸憶長竿天邊舊跡星辰動江上餘基水石寒

應笑渭濱周呂望白頭因獵從和鑾

子陵釣臺 王存

嚴公英魄去何之江上空餘舊釣磯古木蒼烟鸛鴿噪清波白石鷺鷥飛山中秋色香杭熟壠下朝寒赤鯉肥何事夷齊恥周粟一生顑頷首陽薇

題釣臺 馮京

渭水塵空紺業傾桐江烟老漢風明蚤知賢達窮通意閒把漁竿只釣名

釣臺　沈括

漁釣非良業相期遯姓名太平雖不仕故舊豈無情七里林泉好三公位望輕片颿湍石下誰不仰先生

睦州秀亭　錢䫉

秀色四時好探花來此亭花初擁檻發山晚與雲青得鱠嚴陵瀨評泉陸羽經歡餘不盡醉鼓角限重扃

甘棠樓　錢䫉

樓曲開三面山重合四圍溪衝朝靄出颿並夕陽飛芳

杜供春望晴雲渡袷衣樊川猶未識清興莫忘歸小杜睦州詩為多未有此也

高峯寺錢䚬

苒苒郡城東穿雲入幾重已窮難上路才到最高峯竹老龍孫瘦泉甘馬酒濃何當來漱石安隱飽疎慵漢太官有挏馬酒

東館樓錢䚬

前太守丁公善郎中命予名之按孫權赤烏中使賀

齊討黟歙始分歙為新定入晉為遂安郡今此地也

會公善去郡未揭也宜曰分歙樓

巖影隔朝暾雲低晝尚昏山形分歙翠溪色到江渾日

盡天垂幕歌餘酒滿尊欄干不堪倚歸思斷鄉魂

玉泉菴　錢勰

遥派落天潢分嵓射壁光山從千古潤江得一源長風

雨無時作璣珠滿谷量淄澠欲誰辨顧借易牙嘗

勉郡庠諸生　趙抃

桐江為守媿顓蒙來喜衣冠好士風勸學重思唐吏部教人多謝蜀文翁濟時事業期深得落筆詞章貴不空道有未充須自力莫將榮顇汨于中

玉泉亭　趙抃

潺潺朝莫入神清落澗通池遶郡廳亂石長松山十里討源須上玉泉亭

題高峯　趙抃

上石坂松千步勞下窺人物過秋毫嗟誰更向中峯頂

樹塔高撑碧落高

題甘棠樓 趙抃

闌干十二壓仙瀛占得龍峯作畫屏林暎遠籠千里月

湖光寒照一天星望來瀑布真霜練飛過沙禽半雪翎

人賞不知春巳老隔橋依舊柳青青

子陵釣臺 楊傑

高風誰得似先生七里溪山當畫屏功業不隨東漢祖

光芒獨暎少微星蘭臺有史傳名姓蓬戶無人問醉醒

若使當時忘故態何由千古羨鴻冥

方干故居　楊傑

千載富春諸先生家獨存元英播寰宇丹桂付兒孫文正重高節子陵同享尊泊舟明月夜重為弔吟魂

方氏清芬閣　刁約

自别高居二紀餘今朝重到懶踟躕山川勝景依然在屈指交親一半無

嚴陵山　刁約

一染浮名十五春强隨時態役天真何年卜築兹山下
却笑區區世路人

巡按睦州過烏龍山　刁約

羣山簇簇卷波濤舉手天門尺五高塵土多年昏病眼
猶能千里見秋毫

桐廬晚景　元絳

向晚西風急扁舟下瀨輕颿檣掛山影皷吹壓潮聲白
鳥煙中沒斜陽雨外明油然五湖意渾欲薄功名

宿清溪安樂山　張景脩

映窻猶剩雪餘痕瓶裏梅花枕上聞一椀鐙寒聽夜雨半牀氊煖臥春雲詩成始覺茶銷睡香盡翻嫌酒帶醺我是掛冠林下客山中安樂合平分

過桐廬邑二首　張景脩

隱君無姓氏何代至今存數里山為宅兩株桐是孫人煙半峯碧溪水帶潮渾多少來游客茫茫躡藥根三載江南客還吳東復西潮吞兩溪盡雲截衆山齊舟

楫無空日樓臺半上梯桐廬隱君子應笑只留題

釣臺　張景脩

羊裘東漢客歸隱釣魚灘天子不能屈先生非茍難雲藏古石在風激世人寒祠下青青竹何妨把釣竿

清芬閣　張景脩

嚴子釣臺畔猶聞吟嘯聲榮華付諸弟蕭灑寄先生自製茶槍嫩新開酒面清紅塵不拋擺那得白雲名

再至新定有感　張景脩

蜀地吳天各一涯去來三紀亦云賒烏龍遶郭儼如舊
白髮滿頭良可嗟老矣不堪多感慨使乎何處是光華
周行歷覽猶疑夢更問庭櫧幾度花

詠縣廳前古櫧木 岑象求

三十年前宰一同朝朝相對此庭中如今翠葉樛枝好
依舊朱欄戒石東潘岳河陽花立盡陶潛彭澤柳隨空
唯君獨負堅剛操何異靈椿與夏蟲

方氏故居 邵亢

偶分魚竹到稽山處士林泉一望間歲月自隨流水遠姓名長與白雲閒檻中人去荒遺跡處士鑑湖有別業今不知其處矣溪口僧來寫舊顏處士祠堂真像即會稽溪口僧悅躬筆何日放船訪巖藪吾門高弟約躋攀處士遠孫蒙即僕同知貢舉日敕放進士也

題釣臺 馬存

子陵臺下山層層奇峯壯氣橫雲生處士溪邊水泚泚碧波明月涵天清老松偃蹇傲世色綠竹蕭灑吟風聲潮頭百仞出海門飄吳擊越如毛輕飛來灘下不敢過

變作平浪歸滄溟

清溪行 陳軒

山色碧于溪扁舟泛落暉水煙颿界破沙鷺槳驚飛島嶼隨流曲漁鐙隔岸微月明何處宿待訪子陵磯

憶清溪縣 陳軒

昔愛清溪景人煙百里間湖居皆釣客郭外盡禪關酒市揺青旆公街枕碧山杠敎成久别無計約追還

泛清溪 陳軒

曉烟如練曳平津一棹東風兩岸春島鷺沙鷗休戀我北堂歸有白頭親

憶雉山書齋　陳軒

松陰江曲舊齋堂别業歸來各一方吟想晚潮烟雨濕夢游春檻露花涼楊朱路遠空南北青帝亭閒自短長何日揚鞭訪前景竹窻重整讀書床

桐江夕下　陳軒

浪催鳴艣去嘔啞古岸蕭蕭感歲華雨脚蒼茫驚斷鴈

煙痕濛密濕棲鴉蘆花正落汀飛雪楓葉初丹岸有霞

漸覺望中山色暝數聲鐙火認漁家

釣臺 吳可幾

君王取天下有人將甲兵君王得天下有人相昇平我欲介其間區區安取成莫若歸養高高卧岩之扃直使萬乘意慕仰非鴻冥身雖隱漁釣心豈忘朝廷常慮天下定君王志驕盈羣臣習見聞力諫不是聽不有不臣者不足回其清商山四老人用是安西京潛希絕世躅

萬一助皇明年當建武日上下咸清寧所懐意不陳終焉為客星如何逸民傳乃有狂奴名

過子陵釣臺 葉棐恭

勢利輕捐寄傲中毅然高節凜秋風耕閒釣寂千年迹立懦廉貪萬世功須信林間無怨鶴更知天外有冥鴻扁舟夜泊靈祠下慨慕先生道不窮

留題釣臺 劉涇

水緑山青人可知不知生氣得之誰釣竿已屬嚴公手

直到元英解道詩

釣臺　賈青

萬疊層峯夾兩溪雨餘清氣却炎暉何時學得嚴陵傲
洗盡塵襟卧釣磯

釣臺　王逵

一句能通世世情若非高位即嘉聲何如自古留題者
不悟嚴光解釣名

釣臺　張綬

范蠡功成始遯逃淵明五斗便辭勞先生二事俱無一
名與青山萬古高

釣臺　余闢

不誇長揖出宮闈不重為漁老釣磯最愛清宵銀漢上
客星時共帝星輝

欽定四庫全書

嚴陵集卷六

宋 董棻 編

詩

獨樂園釣魚菴 司馬光

吾愛嚴子陵羊裘釣石瀨萬乘雖故人訪求失所在三旌豈非貴不足易其介奈何夸毗子斗禄窮百態

次韻葛大卿留題寒光閣 蘇頌

溪凝藍黛合雙川閣在千巖萬壑前漱石我思清病齒
拂琴誰共聽流泉雲生北嶺橫空白春入東郊一望鮮
況是江南風物好待君重詠四時天

送江公著知吉州　蘇軾

三吳行盡千山水猶道桐廬更清美豈惟濁世隱狂奴
時平亦出佳公子初冠惠文讀城旦晚入奉常倍劍履
方將華省起彈冠忽憶釣臺歸洗耳未應良木棄大匠
要使名駒試千里奉親官舍當有擇得郡江南差可喜

白粲連檣一萬艘紅妝執樂三千界簿書期會得餘閒
亦念人生亦樂耳二耳義不同故得重用

舟過嚴陵灘將謁祠登臺舟人夜解及明已遠至
桐廬望桐君山寺縹緲可愛遂以小舟游之作二
絕　蘇轍

扁舟忽早出山來慚愧嚴公舊釣臺舟子未應知此恨
夢中飛楫定誰催
嚴公釣瀨不容看猶喜桐君有故山多病未須尋藥録

從今學取衲僧閑

題伯時所畫嚴子陵釣灘　黄庭堅

平生久要劉文叔不肯為渠作三公能令漢家重九鼎桐江波上一絲風

絶句

館甥宫裏歎才難當日同朝聽百官光武若知堯舜事至今那得子陵灘

釣臺　曹輔

天地何曾著兩雄蟄龍飛去有冥鴻北辰夜動雙懸象南浦秋歸一釣蓬自昔何人繼高躅至今茲地仰清風悲涼古意誰能盡落日江山醉眼中

千峯榭　呂希純

古郡千山裏高臺六月涼開軒背城市伏檻即林塘白佛當平遠烏龍挿昊蒼水風生枕簟嵐翠撲衣裳欲雨高峯暗新晴瀑布長稻畦分錦繡松嶺奏笙簧自昔多賢守于今載雅章承流叨繼踵主諾粗提綱夙樂阿蘭若

端居最上方南津有禪侶默坐正相望

紫翠樓

予臨蕭灑郡終日坐樓中樓上闢四門門開面面風南榮看馬目北檻對烏龍夕暝瞰兜率朝霞望高峯峯巒欝相望紫翠千萬重中霄若笙篁天籟起長松直疑列仙侶駕鶴相過從

趙清獻賞春亭

遺直蕪遺愛居今見古人殿中收白簡江上擁朱輪棟

宇才亟丈琴尊喜對賔遶亭佳木在長與物為春

烏龍寺

秀嶺奇峯接釣臺烏龍直北更崔嵬萬松合處虛亭敞千佛光中梵宇開林外瀑泉飛朔雪雲間寶藏轉春雷攀藤更入西菴路一聽支郎語刼灰

承天思范軒

范公當日守江濵本是西清獻納臣蕭灑溪山蕭灑郡太平天子太平民棠郊遺愛今仍在竹榭高吟迹已成

還憶開元宋開府相望彷彿見精神

陳尊宿菴

尊宿名方盛菴巖迹未穨織蒲隨日用儋版唤人回臨濟親推出雲門手托開于今兩禪派俱自睦州來

靈香閣

昔聞僧道閑清淨本求佛談經悟教藏施藥蠲衆疾臨嶂起重閣最上構禪室靈香邈可繼壯麗固已軼桐廬蕭灑郡兹閣更奇崛峯巒互掩映松竹富蒙密我來一

伏檻紫翠兢森出塵襟與羈幘中坐恍已失清風來甚
遠冲氣久彌逸東軒覗蟠桃仙路如彷彿

蕭灑寺

郡因賢守得佳名水態山光會此亭雲外僧歸穿竹隝
日邊鷗下集沙汀浮梁倒影横雌霓寶塔張鐙疊萬星
不獨班春行田野重緣香火叩禪扃

高峯菴

予嘗上高峯近瞰碧溪隝老松如卧龍夾道忽騰翥危

梯過百折直下看雲雨善導有遺蹤十佛從口吐歲久缺其三塵埃誰復數佛壽儻能續佛像諒可補遠山行道迹會轉坦無阻中休有磐石蔽日多林莽安得德山流來為此峯主結茅孤頂上端坐訶佛祖

玉泉菴

瀑布巖東轉畫旗拂雲穿石上霏微抱溪修竹通千箇夾道喬松過十圍檐外一潭泓翠碧窗間萬斛濺珠璣使君不用笙歌擁漱玉聲中岸幘歸

江水園

北渚南津路不遙鳴騶喜過定川橋竹間水榭涵虛碧林外山堂對寂寥地占上游真爽塏門通禪苑離塵囂游人未歎羣芳歇石磴杉松正後彫

民表圓同菴

翠竹菴前久不疑雨花巖畔更忘機何人得似江居士在定時多出定稀

定川門

江如丁字湊城隈長畏蛟龍鼓浪來門表奠川聊致禱
職當求瘼愧非才兩灘漲定沙痕白七里山晴霧雨開
放出廋家樓上月却留賓從少裵回

王氏亭池

城外溪山知幾重獨憐池館占城中亭花不動波瀾細
遶石相連島嶼通牀下繫船同醉傳尊前垂釣似仙翁
王家最數烏衣巷莫廢江南舊士風

朱氏園

十里游山興盡回重留車騎欵郊扉中橋駕石臨清港

危榭開軒挹翠微夾道松風吹酒面滿庭花氣襲人衣

殷勤更謝華亭鶴引吭高聲送我歸

和江民表韻 陳瓘

傳老東山水上浮玄沙六月雪重裘舊來消息今何在

千里桐江月滿樓

合江亭上 楊時

倚杖鉤簾兩水間晴光飛景上彫欄颿催畫鷁搏風去

雲吐銛峯作劍攢平野煙浮迷遠目晚谿潮漲失前灘
騎鯨一往扶桑近休問人間行路難

登桐君山二首

霜染溪楓葉葉丹翠鱗浮動綠波間盤盤路轉千峯表
冉冉雲扶兩港間掠水輕鷗晴自戲陵風高鴈莫爭還
結廬姓字無人會靜對庭陰一解顔
翠崖千尺峙雲高樓殿翬飛壓巨濤檻外回峯自連著
祇應潭下有靈鼇

過七里灘二首

拂雲高雁倚風摶下視平湖萬里寬搔首扁舟又東去錢塘江上看波瀾

扁舟東下幾時還一席飛颿揷羽翰回首嚴陵臺上月清風千古逼人寒

過清溪渡

天闊銜江雨冥冥上客衣潭清魚可數沙晚雁爭飛川谷留雲氣鶺鴒傍釣磯飄零江海客欹側一颿歸

題贈吳國華釣臺

君不見釣黃溪上白髮翁一竿西去追冥鴻田車同載非羆熊鷹揚烈氣如飄風又不見羊裘石瀨垂綸叟奕槩陵天動星斗萬乘故人親訪求卧對鸞輿忍回首聖賢遇合自有時潔身亂倫非所知高風寥寥古已往較然得失知者誰君有釣臺臨橘水橘溪不與嚴溪比收身欲躡渭老蹤笑撚霜鬚照清泚澄潭夜月秋光浮擎波短艇沿汀洲長繩巨石不能繫飛飆片席歸蓬丘巨

鉤沈餌犗九牛一釣直取靈鼇頭修鱗擺鬣浪山起雲
鵬飛飜忽千里蹋雲馮翼上青冥一點孤光廁箕尾

嚴陵釣臺

漢綱久陵遲國柄授權室中興得英主威明戒前失三
公經邦手吏事固精覈功臣欲圖全是不任以職矧茲
故人分義等天倫戚卓哉子陵心秉哲因前識投身豢
名爵豈但枉尋尺萬鍾雖天富樊雉非予匹石瀨清且
泚蒼崖聳而直揭竿事幽尋釣水鮮可食一裘御冬温

袞繡未為益三旌屠羊肆義在不吾易用舍各有趣高
風亘今昔

題方氏清芬閣　朱彥

干戈唐季風塵中一代文章掃地空先生詩鳴最晚出
句法未减元和工玉壺藏冰不受垢卜隱宛蹈嚴陵蹤
至今名字照人目直與山水為無窮我今南紀坐煩促
接歲風波仍轉蓬緬懷先生酌溪水梅花如霰落晚風
清芬築室家有法亦見裔孫白雲翁叔令策得待三接

仲也昔跨御史驄乃翁歸來三十載語笑但覺朱顏紅
翁不見東飛百勞西飛燕南飛烏鵲北飛鴻人生游宦
正如此我欲買田歸江東

題嚴子陵釣臺

泊舟釣臺側敬謁嚴子陵碧山如佩環水作鏘然聲定
知千載後尚復有遺靈長嘯明月下緬懷今古情世利
濁於酒末俗遭塵冥毫髮不一直戈矛豈相爭先生得
高蹈萬鈞獨可輕持釣偶自適潛魚不吞醒清風在人

耳凛凛見典刑不如臺下水方可濯塵纓

寒光閣

駕舟掠杭越小泊清溪門平生江令尹邀我谿南園丹碧氣成霞樓疏何鬱盤江城春事起臘日已向殘的皪小梅花暗香媚山樊顧也絶可愛青士聯蒼官君家蓺蘭畹歲久蘭有蓀我生真漫浪嗜好無一存尚作山水想十年勞夢魂歷眼滄洲趣兹邦盟可寒他年釣竿手來傍

沈郎灘

題釣臺 江公望

漢柄久顛置神鼎遂移新志士恥驕餌入山如避秦中興有世祖仄席在幽人玄纁載安車三反方求賓枕激泉石久不羨北軍絪卧屈萬乘尊咄咄平生親箕潁志不奪槐鼎意從申歎息上輿去天子不得臣歸隱富春渚釣外無隱淪高明懸日月清風播松筠至今七里水不到南海津南海有貪水至今雙石臺獨與西山鄰古木下高鳥清濟行素鱗溪氣綠靄靄野蔓青緡緡客星照千

古鄧萬安可倫手捉玉璜去出處各有因玄素久寂寞
猿鶴叫秋旻

題方氏清芬閣

一室蕭然斸翳荒嘯歌曾是傲羲皇春風自逐桐花老
煗日時聞藥草香修竹幾年𧂐舊隱新詩到處發潛光
從今應與嚴家瀨相對清芬一水長

兜率寺鑑光閣

高下人家隱亂峯澄雲籠日水浮空朝朝暮暮山容改

總屬虛懷一照中

皎皎長空迥絶塵青山雨後更逢春一匳古鑑新磨就

誰是光明内外人

風吹宿霧寶匳開滿目春容甚處來好值軒轅磨瑩手

更無一物隱纎埃

玉泉菴二首

高蓋西来動四鄰青青豐草馬啼匀平田淺水相因足

野杏山林次第春偃蹇長松如傲世讙呼好鳥似迎人

翛然偶得棲真地方信浮名即是身

十里五里花無主千山萬山春自茫少年意氣傾都市走馬横來若電光泠泠古寺風吹屋羞死五陵豪傑場黄金散盡身無益獨有泉聲千古長

再題

逸士有高躅故山無世情黄花香靨落白馬赭清明雲作朝昏暝泉流今古聲王孫好歸去芳草又從生

又題玉泉菴三首

僻隖藏亂峯清疏蔭修竹短策資遠游斗酒拓近局幽
草不知名孤花送餘馥采芹躡青泥門松憐舊緑寄言
潁川子没齒傷跼促為君泊其泥與我濯雙足

蒼崖落水支流去隔竹黄鸝相應鳴飛絮落花迎野步
細風輕煥爽人情

天台大士碧峯頭林鎖檀煙凝不收誰坐胡牀揮玉麈
一聲清磬晚悠悠

玉泉菴　江公著

風煗客衣輕山行眼乍明人非少年事泉作舊時聲草屨春游倦茶甌午睡清不教身自在城郭莫煙生

書靜勝院壁留別父老　蔡肇

青山雲半遮慘淡有離色溪水亦潺湲嗚咽當枕側男兒四方志百年一行役山水亦奚悲我自本無得父老挽我車灑涙半悽惻使君雖自力懃無理人術舉手謝父老意厚難報塞

釣臺賦　張伯玉

山水縈回煙霞次開不見逋客空留釣臺地迴而清風
不去情傷而往事俱來得意之處猶開崎嶬古砌壘土
之功未没重疊春岩伊昔子陵貪幽自遂辭光武之好
爵樂富春之勝地雖無晦迹之勞亦有垂綸之事持竿
一去長為避世之人疊石九層以盡平生之志爾乃憑
高易感覽舊多傷塵事與清波不返紅蘋同白芷徒芳
相逢投餌之時寒流淼淼始及臨川之日遠岫蒼蒼今
古堪悲躋攀盡趣潮平昔日之岸風動當時之樹石上

少留人間多故游絲亂舉初動觸目之疑野竹隨低忽有沈鉤之悞迹是人非蕭條晚暉萬里之碧嶂如畫幾片之白雲不歸鷺立斜分之浦魚驚半毀之磯盡日而風波莫問滿山之松桂相依旣而悵望歸心裴回書址尋通樵之一徑下鳴湍之十里煙深釣處空懷迤邐之峯日莫臺前無限潺湲之水比夫燕昭王築而禮士漢孝武登以求仙構金玉之畢至遂塵埃之共捐曷若兹所成於自然峭壁參雲孕清景而無冬無夏寒潭徹底

浸明月而千年萬年已矣哉幾歷芳時誰依茂蜀秋風起兮浪白春色來兮水緑唯野鶴與輕鷗自往還於水曲

釣臺賦 錢勰

治平之初元孟春某之役於新定道出嚴子陵祠下作釣臺賦其詞曰造東陽之下流兮歷桐君之舊隱俯清瀨之淵回兮仰崇山之數仞即釣臺之故處兮發塵編而猶信濯七里之澄灣兮睎千齡之逸軫軿組豆乎衆

巹兮供百嘉之初萌湛尊罍乎麗澤兮揖明水之至清
鏤肺肝而刻祝兮以恭弔乎先生曰在昔周衰秦亡兮
漢氏為政天不厭亂兮炎靈中病翦諸夏之磐宗兮授
五侯以魁柄肇陽平之曠貴兮資父母之永命混伊旦
之穅秕兮極羿浞之梟獍俄絓禍於百粤兮内毒痛于
九州逞焚如之虐燄兮孰可望於彼留逮淵龍之未躍
兮嘗與世以沈浮繄冥冥之何算兮聊卒歲以優游百
六究而新族兮奉舊物以歸劉雖緯婺以均慶兮曾故

人之獨不順輟偯以辟禹兮或姑治其幽憂謂高卧其
已足兮安有待於營求意友交之美初兮慕施止於艮
背將食土則見臣兮非至高而莫對當駕車之三反兮
終一言而見意噫巢父之累刻兮豈好大而事懟蓋枉
已以徇人兮有時遷而禍會孰與夫道雖高而身安兮
名將顯而迹晦涗聊許以增高兮詎少移於故態此先
生所以馳鶩乎六合之外者也向若凝滯思於舊學兮
垂餘念於勲庸體莞輪之安乗兮懐五兩之青銅彼且

厠予兮立大功之諸將責吏事之三公下焉則鄙陋之不足為兮上焉則鞅鞅而不我容設濡足以救世兮將助理以赴功則高密贊圖於擁節兮迄見褫於龍章新息誓亡於馬革兮至死謗於炎荒然後知先生照未然之成敗兮識幾至之存亡照利而不動兮得光武而益彰者也又若氛祲方結鯨鯢未戮四海沸騰真人隱伏莫高匪山莫幽匪谷苟見誚於木石兮悵同情於麋鹿蔑亢世之高蹤兮昧話言之駭俗雖不得與此臺而并

傅兮固亦無加損於自足此志士所以洞想兮矪精祠之可矚激芳風於頽波兮慨靈氣之猶畜悉造耑於登高兮久裴回而躑躅

嚴陵集卷六

欽定四庫全書

嚴陵集卷七

宋 董棻 編

雜著碑銘題記

應詰 駱賓王

余以三伏辰行至七里瀨此地即新安江口也有嚴子陵釣磯焉澄潭至清洞徹見底往往有羣魚戲歷歷水上行耳人有釣者試取投之或有浮而不顧者或有貪

而輒吞者引竿而舉因以獲焉其始出也乃掉尾揚鬐有若恃力而自勉其少退也則鼓鰓濡沫有似屈體而求哀嗟乎勢牽於人道窮於我將欲以下坐而求馮子又安能中轍而呼莊周哉余乃祝曰猛獸搏也拘於檻穽鷙鳥攫也縶于籠樊素黿靈也被髮河津白龍神也挂鱗罝網何不泥潛而穴處何故貪餌而吞鉤乎於是放之江流盡其生生之理時同行者顧詰余曰夫至人之處世也擬迹而後投隱心而後動終始不易其晝晦

吝不生其情令吾子沈緍于川登魚於陸烹之可以習政術羞之可以助庖廚曩求之將何圖今舍之將何欲余笑而應之曰聖人不凝滯于物智士必推移於時知幾之謂神食生之為道殷乙聖也囚于夏孔丘聖也畏于匡且夫明哲之賢尚羅幽夏之患況鱗羽之族能無弋釣之累哉故曩吾有心也恐求之不得今吾無心也既得之而舍夫求與舍不亦雙美乎烹亦羞不亦兩傷乎況療肌者半菽可以充腹為政者一言可以興邦亦

奚必因小鮮而後明三異之規勵大命而後冀二飧之飽擒而不殺可謂仁乎獲而不饗可謂廉乎且夫垂竿而為事者太公之遺術也形坐磻溪之石兆應滋水之璜夫如是者將以釣川耶將以釣國耶然後知古善釣者其惟太公乎又有妙於此者其惟文王乎夫文王制六合之鈎懸西履為餌筵之於清廟投之於西川一引而獲太公再舉而登尚父由此觀之蹲會稽而沈轄者鮑肆之徒也踞滄海而負鼇者漁父之事也斯竝耿少

者之所習安知丈夫之所為哉

漢高士嚴君釣臺碑銘 梁肅

先生諱高字子陵會稽餘姚人也名聞于漢光武之世東觀書實載其事當哀平之後天地既閉先生韜其光隱而不見建武反正雲雷既定先生全其道見而不屈消息治亂之際卷舒昭曠之域如雲出於山游於天復歸于無間不可得而累也則激清風聳高節以遺後世先生之道可見於是矣或曰人倫大統莫大乎君臣崇

德制用莫盛乎富貴而子陵以賤為貴以臣傲君二者其失于教歟君子曰不然夫賢哲之道一動一静動而静動而用者當世静而不用者化光於無窮故許由於堯先生於漢皆不易乎世游方外之士後之人聞清風而嚮慕焉葢運有會而事有行伊吕遇湯武而立大功子陵遇世祖而立大名去就不同同歸於道焉歲在大梁予涉江自富春而南訪先生遺塵則釣臺尚在焉仰聆德風刻頌于石其文曰

季葉浩浩澆風蕩淳先生括囊鳥獸同羣四海既平故人為君富貴於我有如浮雲名至禁中告歸江濆下視天子上動星文接輿肆狂孤竹求仁介推山死龔勝蘭焚猗歟先生異乎斯人俯仰世道從容屈伸清溪悠悠白石磷磷遺風是仰終古不泯

陪遂安封明府游靈巖瀑布記 康仲熊

縣之西有山山之巖有泉勝可知也薄浮于兹懿彼幽絶不俟終日褰裳造焉遂負緑綺岸烏紗履及於城隅

杖及於通衢背山郭之縈紆乍緩步以趨縣君封公閒而喜曰興所引也我得無行乎乃命車騎邀嘉客追我于楓香之野乘我以驪眉之馬載笑載言遺谷超原於是穿窈窕躡嶇嶔緣雲摶壁極乎所聞觀其陽崖劃開陰壑旁轉懸水百仞注而成潭萬象奔走以呈形羣峯回合而却倚綺影挂於層漢雨聲散於長林潺潺然無晝夜而息雖天台之飛流蔑以過也吾徒盥于斯鑑於斯塵心洗然世慮都遺啜香茗以傲睨招清風而詠

歇足以長道機滌煩想功名軒冕為我為賓矧夫上隱雲天下臨佛土巖岫窅藹時人穿窺禪菴居解虎之僧洞堀驂鸞之客永言長往其可乎哉封公曰異乎夫子之說方今國步未安兵革多故忠臣佐世之日志士嘗膽之秋遽欲退閑恐非通論僕曰唯唯幸無重吾過請從子而歸回首林蘿謝白雲而去刻彼巖石聊紀盛游時大曆十二年莫春上巳之明日也

嚴先生釣臺記 崔儒

易象以天地交乃泰夫交者氣同道濟之謂也同則無變濟則無利雖君臣之殊位品類之異數其義一焉嚴子陵與漢世祖可為天下之交矣嚴君處道玄寂超往返獨以輔弼為縲紲以寵榮為穢汚絕世高蹈歸乎舊山斯達人之常域也世祖不以祿位抑之不以褒崇加之其來也同寢共體其去也鴻飛雲逝示君臣之與際存天地之易簡道泰氣同交之至也後之人以常情所不及異而疏之飾而詞之是彰其至樸逕於夷途矣況

今之交者權利傾弛百無一全知人知已事皆昧絶邈想遺塵慨然興悲觀其兩峯相嶔羣木茂植上有平田足以力耕下臨清流可以垂釣乃嘉遁之勝境舍此何居則吕尚父不應餌魚任公子未必釣鼇世人名之耳釣臺之名亦猶是乎行舟輟颿因有斯述將以誡夫僞交與貪位者豈直紀事而已哉興元元年夏四月景辰建

睦州大廳記　李道古

任地列官有國之恒制張官考績王者之大轡故監部分剌世官為重秦漢之來也隨新定郡武德四年改為睦州尋併為屬一領縣六建德桐廬清溪分水遂安壽昌建德桐廬清溪分水遂安壽昌幅員一千二百里大山經川陵陸畏壘居十七萑蒲斥澤田植之壤居十二其餘中田小野之數一農夫而食十人官或旁詒殘以漁利單户危鄉歲虚籍計肆朝廷難其任也洎于山峻二江合會之勢龍門疏鑿矣轘轅東扼矣丹巘閣聳遠

道海水巖險呀豁斗絶鄰部士族豪家望走洞穴刑理
不直或頓機網故郡其新定州其睦若日親敬大化其
封也自國家有兵甲之費不實内府經用所入浙右重
於江淮兹郡重於它郡加以鐵官鹽策盡服其籍調租
過於大半負息而應征葢所以天不奪時人無其力也
前時兹郡多命德賢風化所寖父兄成教君子為之斯
可一變而至於道也始自永徽仰書名氏森然在列以
識遷授元和七年甲子歲記具録累代刺史名銜除授

年代如後

睦州録事參軍廳壁記 皇甫湜

入州門東六曹之聯事所在都其任者宇於門西經始之意衆未諭也前刺史李君為政更年大患一州詔徵始聞而未至也思宜利所遺步覽庭内顧以兹為不厭處材鳩傭即日即工凴寛顯構相前增葺儼然華就翩然樂遷六縣之駿奔於是乎肅序百胥之職事於是乎總齊羣官之退食於是乎逶迤矣利不十不變法其所

之謂乎録事參軍既荷寵飾有懐章示貝以廳壁為記宜異也請湜書之元和八年四月三日記

移城隍廟記

睦州城隍神廟舊在城内西北隅元和初年刺史鄭庴甫移置于城北門樓上其地舊置州獄及司法官廳開成四年刺史吕述移獄就六司院東南之隟地於廢趾上立新廟堂屋三間五架階高三尺上設鴟尾三面行廊聯屬東嚮開門門外造廳一間一廈為修容之所五

年正月十九日廟成遷神像馬神坐後分畫侍衛於左右壁其門左右畫兵仗屏之南北列木寓馬二階前植松五本門外亦夾道植松三月十六日也大備牲牢雜樂率將吏以落之令紀其祝詞於後云禮陳八蜡之名曰祭防與水墉事也然則城隍命祀本在勤人積厚成陰環茲郡國論功校重冠彼神祇自州城卜遷神位已固訪聞元和首歲移置郡流下不在田乖鎮寧之義居無亟丈闕鼓舞之容況乎列卒巡城通宵擊柝往來褻

慢啓閉喧乎既達肅敬之方豈獲幽陰之助述謬膺符
守親謁儀形睹籩豆之虧廢歎祝史之偪窄雖飾以黼
帳新其靈衣而居非所安理合改卜崇墉之内廢趾猶
存遂剏新宫式從弘敞丹刻咸畢翬飛有嚴練此吉辰
敬遷廟址伏願永安閟邃敷祐生靈使封境無水旱之
虞牧守成富庶之績敢申崇奉毋媿聰明云開成五年
六月一日刺史吕述建

馬目山新廟記

睦州主烏龍馬目二山馬目在州西南勢如金奔拔去不能中蓄怪態晏天常陰望之而知其能雲雨也先是州之右有潭曰層潭其深無至鱗物宅焉因立廟潭上而馬目顧無之每有禱則附而祝曰告于層潭馬目之神開成己未歲六月江南大旱迷乃致精意于神曰能雨則立廟越三日晡時雲氣從山來饋烝牆進空中濤喧俄而震雨隨下自是比旬必雨故民有半收八月既霽迷泝江四十里之遠躬擇廟位果有一峯壓江隨水

蕩搖蕃茂蔽霞淺濃百色周步其下絶無徑斬叢攀樛漸得峭脊蛇行而上百數步抵大石根如圭而頂如壺側視之有木一本十五幹垂覆三面無地獨其北平可居卜室昭昭乎神之告靈也乃依勢取高架為新廟明年三月二日戊寅成率將吏以釁之盟于瀑流席于香蕪挂豆籩于森疏響笙盤于蕭瑟燎于煙靄瘞于嵌空揚飆而下過釃酒祈福信可以畏百衆而雄諸祀也夫祭山曰庋縣蓋謂或庋或縣置之于山也今述相神之

居也本其義矣尚永賚于斯民

刻嚴陵釣臺　羅隱

巖巖而高者嚴子之釣臺也寥寥而不歸者光武之故人也故人之道何如睨蒼蒼以言之尊莫尊于天子賤莫賤于布衣龍爭蛇蟄兮風雨相遺干戈載靡兮悠悠夢思何富貴不易節而窮達無所欺故得脫邯鄲之難破屛象之師造二百年之業繼三尺劍之基者其惟有始有卒者乎下之世風俗偷薄禄位相尚朝為一旅人

莫為九品官而親戚骨肉已有差等矣況故人乎嗚呼

往者不可見來者未可期已而已而

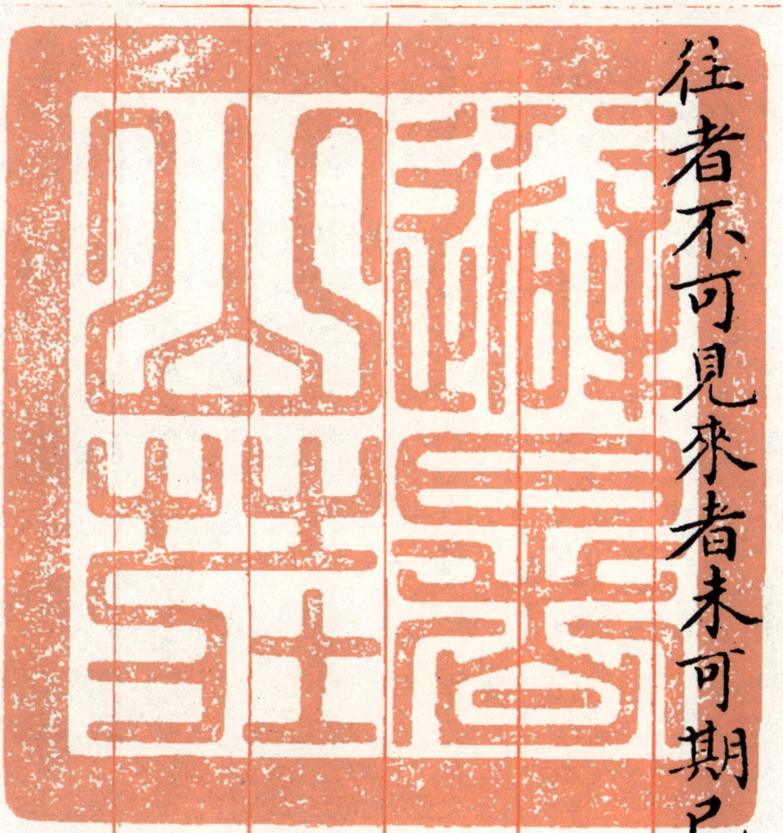

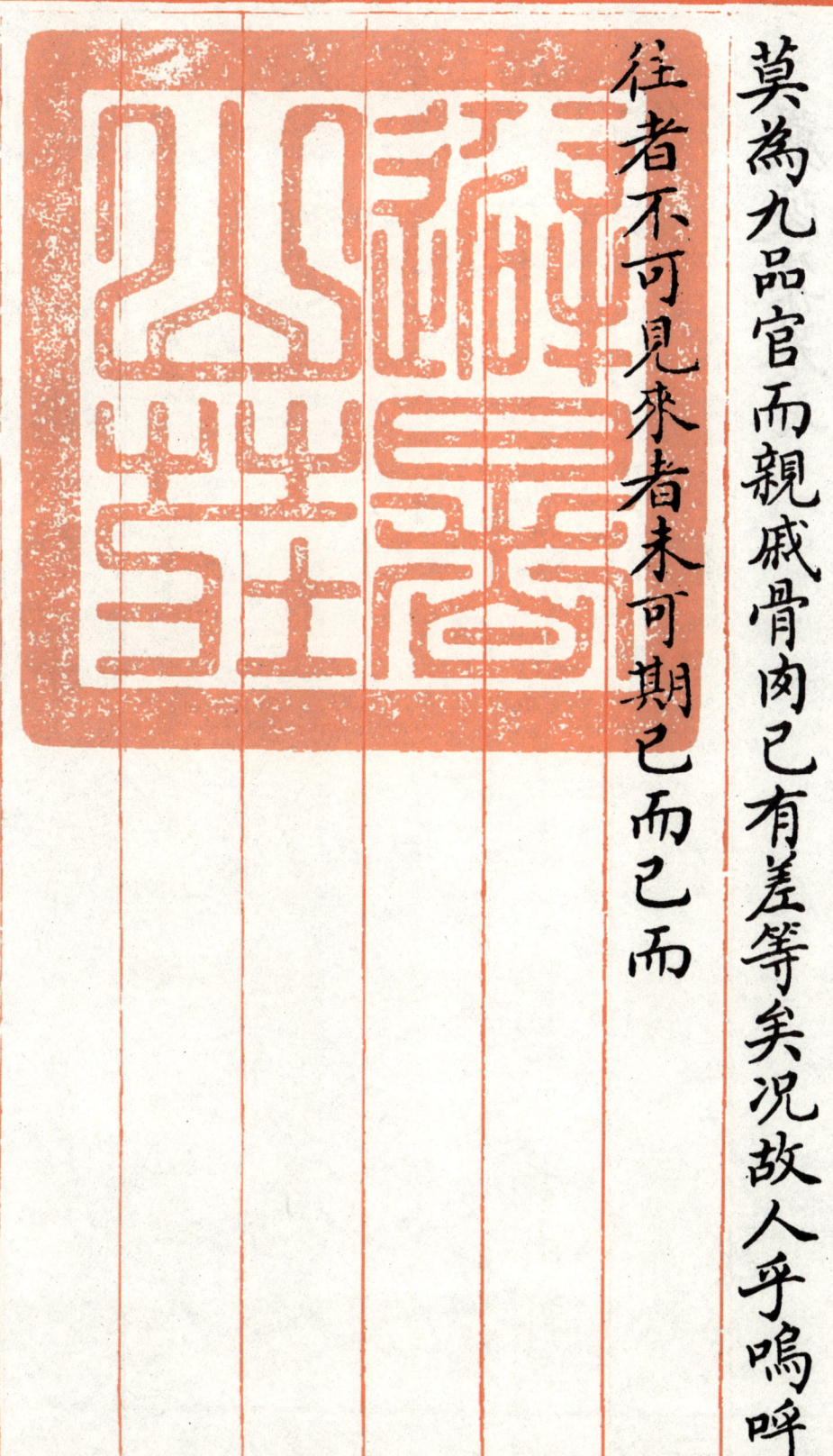

嚴陵集卷七

嚴陵集卷八

宋　董棻　編

雜著碑銘題記

睦州大廳記　刁衎

王者列土以崇化諸侯供職以勤民故保乂庶邦而緝寧大範然則良二千石所以稱共理之才肇十二州所以光無外之德唐虞之秩可紀龔黄之政必陳古今不

渝理道斯著睦州新定郡者天中勝槩浙右奥區環繞翠山練傾澄瀨夏后登遐之地南顧連岡嚴陵垂釣之臺北由屬邑髙風盤礴爽氣裵回歷代名賢出牧是任者葢多矣按隋書仁壽中以睦而命郡者取其俗阜人和内外輯睦之為義也若乃星紀土風之候殖物産賦之宜昏明迭運之由廢置從時之理著於史策列在圖經此可梗槩而不述也國家以天人合發文軌大同保我烝民莫非爾刺以為漢之牧守入爲三公則太重重

則無篤固之心唐之郎官黜為五馬則太輕輕則有怨略之志所以矯前代隆殺之弊屬當朝欽恤之仁凡百屬官乘軺出牧皆以本秩而知郡事繇是政則不悖民以之和反軒昊之淳風躋富庶之壽域王猷所洽百世可知令知郡事田公以東觀之任榮右史之班察俗去苛觀風尚禮下車為政朞月有成墜典允修無文咸秩先是郡有正廳記即唐本州刺史李道古所撰以前後牧守品名布於鉛槧繇歷既久殘缺則多不改成謀惟

新舊制自唐顯慶二年至聖運太平興軍三年之後所任刺史知郡咸列于左其有錢氏割據非王命者略而不書足以煥前哲之高名俾後來之繼美假文屬吏以謹歲時時大宋雍熙二年四月記

嚴先生釣臺碑銘并序

先生道蘊於身名揚於後則世祖恩禮以旌其德東觀信書具載其事然而巢許抗志飲牛欲全其節也夷齊餓死叩馬以諫其君也至於逃其國而棄其家違其親

而遠其兄者無足道哉未若先生遇故人而忘大位疾
夫冒於寵名也游紫闥而隱青山戒夫溺於富貴也勵
君以攘其私匿舅臣以保其公器教之大者此其志焉
矧夫上動天文遠歸江漢進無茍而退無屈如雲之在
空也動則平而靜則專如鐘之在虡也引釣溪流魚可
得而榮不可就呂尚蹈厲之征所以媿也放懷林藪巖
可築而名不可尊傅說舟檝之勞所以媿也矯激不亂
於大倫高尚無偏於小節千古之下一人可知至今使

遺迹煥然高臺雙峙鄉閭多仁讓之美風俗盡樵釣之娱化之無窮道之彌遠與夫禄不及而焚於縣上義欲行而投於水濵者不可同日而言也衎嘗讀前史即仰遐蹤逮歷宦塗首宰鄉邑登髙臺而顧慕瞻舊域以裵回（縣東南有子陵故城存焉）願寘曩懷以揚丕德銘曰

天清地濁日行月運人稟粹靈道斯發奮和光同塵遯世無悶猗歟先生垂兹大訓以君以臣無退兼進私寵不留公議可振頻陽操微箕山義盡仰之彌髙磨而不

磷依依雙臺峨峨千仞白雲悠悠清泚芳潤遺風不渝
華壤可徇布之樂石永騰令問

淳化五年歲次甲午正月七日建

脩夫子廟堂記 田錫

夫子之道布在六經深於六經者得其時遇其主而用之則王道明而萬邦受其賜也夫子之廟列在郡縣典于郡縣者習其禮潔其誠而祀之則廟貌嚴而諸儒知所宗也不然則帝王之道未融卿大夫棄德背義而朝

廷禮樂似是而非也祭祀之禮不脩士庶民淫祀徼福
而春秋享奠如存若亡也宜其宫垣間寂草木羅生祠
宇荒涼風雨不庇矧浙江之右桐谿之濵建邦於山谷
之間居民多水潦之害歸然舊廟密邇通溝當子城東
南之隅在故壘闉闍之下藩籬疏壞固無數仞之髙堂
廡湫隘且非兩楹之制水至則几筵斯没水落則塑像
其積不堪庳陋之憂安仰髙明之祀加以俗巫交惑徼
求木偶之靈風教未還奔走金人之福逮乎祀先聖享

先師食祿者忽畧而不知為儒者流蕩而忘返錫以東嶽待封之歲移殿是邦北戎薄伐之年議遷此廟人來獻地影亦庀徒宮贊溫仲舒僉謀之護戎張元吉輔成之督郵丘直方經營之七月某日興役也八月上丁釋奠也廟無祭器拜章以請之郡無經書上言以求之誌素王之新祠成斯文也列門人之遺像題舊贊也翼翼諸廡不浹日而成慺慺衆心不俟募而至惜乎鄉飲酒之禮久廢人不知尊卑黨有序之學久廢人不識廉恥

列郡無軒縣之樂祭不足觀在笥非袞冕之衣禮不足取白華南陔之詩寢則無以警不孝不悌之心頖宮齒冑之儀亡則無以訓為臣為子之學然廟不立則釋奠無所就禮不備則釋菜無所觀是以築為儒宮修其祀事請籩豆之古器復牲弊之舊儀祭之者可以交神明觀之者可以知勸教神明交則福至勸教明則化行夫世之澆淳在乎時禮之用舍由乎上故顔回謂舜亦人也孟軻曰回亦人也若然則克念謂之聖罔念謂之狂

必祖述夫子之至仁憲章顔氏之亞聖則文中子亦人也乃知取法於延陵季子問禮於柱史老聃生而知之乎學而知之乎勉人之學讀是碑也遷廟之志見是記也罪言者得於斯知言者得於斯時雍熙三年八月某日記

嚴先生祠堂記

范仲淹

先生漢光武之故人也相尚以道及帝握赤符乘六龍得聖人之時臣妾億兆天下孰加焉惟先生以節高之

既而動星象歸江湖得聖人之清泥塗軒冕天下孰加焉惟光武以禮下之在蠱之上九衆方有為而獨不事王侯高尚其事先生以之在屯之初九陽德方亨而能以貴下賤大得民也光武以之蓋先生之志出乎日月之上光武之器包乎天地之外微先生不能成光武之大微光武豈能遂先生之高哉而使貪夫廉懦夫立是有大功於名教也仲淹來守是邦始構堂而奠焉乃復其為後者四家以奉祠事又從而歌曰雲山蒼蒼江水

泱泱先生之風山高水長

嚴先生祠堂記篆者名

希深撰子眞書中立題伯起立

高平以諫官貶守睦始訪七里瀨立嚴子祠召溪口僧悅躬畫古衣冠作嚴子像旣成自作記聞丹陽隱者邵餗篆有法遂以刻石咨焉餗未嘗篆於人篆此獨不讓雖然不肯見其名會子眞使来又深於篆者重之且恐其不彰使僕名之更自篆石於其石之仄

聖宋景祐四年三月四日

與邵餗先生書

先生邵公足下某今春與張侍御過丹陽約詣先生維舟水邊聞先生歸山所謂其室則邇其人則遠悃然愧薄宦之不高矣曁抵桐廬郡郡有嚴陵釣臺思其人詠其風毅然知肥遁之可尚矣能使貪夫廉懦夫立則是有大功於名教也乃構堂而祠之又為之記聊以辯嚴子之心決千古之疑又念非託之以奇則不足傳於後

世今先生篆高出四海誠能枉神筆於片石則嚴子之
風復千百年未泯其高尚之為教也亦大矣哉謹遣郡
校奉此恭俟雅命
與晏尚書書
伏自春初至項城因使人回曾草草上謝由潁淮而下
越兹重江四月幾望至于桐廬回首大亳忽數千里日
思奏記㬥乎無階恭惟藩宣之居鈞體惟寧赫赫之瞻
日以增重仲淹臯有餘責尚叨一麾敢不盡心以求疾

苦二浙之俗躁而無剛豪者如虎示之以文弱者如鼠存之以仁吞奪之害稍稍而息迺延見諸生以博以約非仲淹所能蓋朝家之條教師門之禮訓也又郡之山川接于新定誰謂幽遐滿目奇勝衢歙二水合於城隅一清一濁婺江濁歙江清如濟如河百里而東遂為浙江漁釣相望鳧鷖交下有嚴陵之釣石與方干之隱茅又羣峯四來翠盈軒窻東北曰烏龍崔嵬如岱西南曰馬目秀狀如嵩白雲裵回終日不去巖泉一支潺湲齋中春之

晝秋之夕既清且幽大得隱者之樂唯恐逢恩一日移去且有章阮二從事俱富文能琴夙宵為會迭倡交和忘其形骸鄭聲之娛斯實未暇往往林僧野客惠然投詩其爲郡之樂有如此者於君親之恩知已之賜宜何報焉今有郡齋歌詩一軸拜獻庶明前言之不誣爾干瀆台嚴伏增戰懼尚遠門下伏惟尊察為國自重

題徐常侍篆桐廬縣額 張伯玉

桐廬縣額故左省常侍徐君之篆也篆自秦丞相斯以

名烜天下歷漢魏以降學者亡數至唐中興始得李陽冰繼之陽冰後又無人焉至於我朝有徐君自秦到今幾一千五百年以篆名家者三焉天下之人言篆者不歸於三家則無所祖尚也其為字之寶雄乎其桀蓺乎始徐君與秣陵刁侯衎俱事江南李氏號為名臣後從其君歸于我刁初得太祝為桐廬宰徐君以率更令留禁中嘗以版素馳京師𠂔而得之遂揭之于令令之賢士大夫道東南者過七里瀨則訪子陵釣臺至桐廬則

先觀徐君之篆其名也豈虛然哉皇祐初吾進士同年之子曰彭城劉斅以清白長是邑且虞其速朽走奉錢抵具區買洞庭石來命工摹刻于署堂之左方請吾言以表之夫古之人所以能流聲名美風俗使百世之後談娓娓而不絕者皆有以起之也然則異時講桐廬之故事者兹可泯乎常侍名鉉字鼎臣廣陵人其儒學節義與其籀為世寶者悉書于太史氏兹不復贅五年冬十有一月至日吳郡張伯玉題

公堂銘　碑斷闕上文止錄見存者　張伯玉

闕知人道之大而治亂之不常也故有斆學以本焉然則學也者總天人之公道乎人君用之以叙羣臣以睦四海多士由是以明盛德以毗大業所以張天下至公之法用敷于天下無德而名焉又豈徒游是庠登是堂觀簠簋聽鏗鏘茍習句讀而已哉銘曰

猗歟公堂邦家之光彌綸奕世景行百王道尊則勝人存克揚於穆頌聲與時無疆

睦州學進士登科題名記　趙抃

睦於吳會為裨郡蒼嶂寒瀨齒齒激激風土物色縹緲秀巧鍾氣生士翹俊殊甚其學校自文正公基之談經治文出乎其間日益盛金部向侯奉慶歷詔更廣堂舍學者為便距今業精而上第無虛榜與夫學木樹時訂今得人為三倍夥是以知學之廢興在人士之進退由學聖時之明勸也然士之所謂學誠心竭力企古聖賢道將至其所未至者也爵位於朝仰首信眉掌握當世

務與奪非是出呼吸間一率以正然後盡臣子忠義之分稱人君敦勉之意唇吻小巧剜章刻句而已乎因萃前後登第者名諸石後來繼焉嘉祐三年戊戌正月元日記

桐廬縣令題名記 倪天隱

三代分土諸侯世國以治斯民曰吾君也其可逃諸侯曰吾民也其可解故其心相孚而化治日起且其地大不過百里歲淹月積其纖悉視民不翅如照刓瓌材瑋

行其能久閉約於其間哉官以器任則士能盡士以鄉進則民事悉萬寓以縣國其有忽而不治者邪秦壞先王法廢為郡縣其守令丸移而弈易革轉而蓬飛斯民曰彼且去吾善庸何為吾惡庸何傷官者亦曰吾且去是非吾民吾安能汩汩自勞苦為故其孚誠不交而卒以苟道而曰欲歸民於三代是棄食以求飽也或曰三代以侯治漢唐以郡縣治其治一其亂也均適一時之宜者不必皆先王之法是大不然夫宿姦巨蠹譬諸蚊

羣陽缺天曉日發旦則聲喪影滅投迹自晦及微陰既昏萬景垂夕則復薨然起嘬噬之患矣賢否相易其昏明之交乎抑有大不可者夫郡縣之官凡幾位天下之士凡幾人雖有堯舜之明湯文之智不能必察而材諸位況紛紛然若百貨之市其屢遷而亟貿也嗚呼生靈之伸屈存乎令守取鍛鍊成案取正於法而已是令尤爲親切於民桐廬故吳分富春縣置屬吳郡隋仁壽始用屬睦中間隸屬不常然獄訟賦役便於睦故我宋因

之自錢氏以地歸江南刁公以直道自信出宰是邑自爾以瀕海幽遐不為要壤而風教不能浹斯民不識仁義之化亦往往受敝主上至仁始用薦者得補令而閭為得人及其敝言上者以私而民之得善令者天也縈君資中文敏而明務以靜治雍容閱案籍得雍熙以來為令者姓氏第而刋之其政之善惡則皆昭然著在人口賢者少不賢者衆則其官人之得失可以鑑而後來者足以自發俾其企善而懲惡亡斯民之病以爲石蓋

嘉祐七年四月二十三日

睦州新作浮橋記 錢勰

睦古鄣會稽之地據淛江上游當閩粵甌駱黟歙鄱陽數道之衝又南出交廣五嶺屬之徼外雖别道循江絶湖率多鉅風駭浪漂溺濡滯之患淹久歲日使程賈皆度不時至輕衆版輿木檥揭篋由此塗出者常居水道之半郡治建德東陽江與歙溪二水合於南東湍悍奔激夏輒暴漲雖窮冬沍涸深不可涉故四方之賓客至

者解鞍弛擔倚立露坐而與夫郊野之人抱布囊粟負芻荷薪以輸縣官以趨市門者賈組易鏄左提右挈以返田里以行慶予者纍纍然雜進兩涘引吭頓足以須舟子泝沿上下移晷乃復探懷出金而後得濟烈風驕陽其畏僵暍今上治平之初元工部郎中吳興劉公罷按察荆湖北道來臨是邦不鄙其民以自暇逸又不為赫赫名聲以發取騰踔奬善禁惡一出於愷悌郡遂以大治若無可經意故所思者益靜以明而所及者益鉅

以博明年始命行歙溪之陜中直郡城之南隅維舟以為橋以濟病涉者凡積功傭千有七百自十二月庚子始事不日橋既成公以其屬落之且曰是急于濟衆而非為名宜無所論著惟後之人知鳩工之不易而用不侈也無憚其繼焉則滋久而弗毀不可以不紀因屬之於緦愚以謂治古學道思所以惠利斯民者無進退夷險内外輕重之殊事有可以行吾志者當幸遇而勇為之惟公之心乎愛民蓋若此此其可以刋之金石而不

朽使後來者亦有以求其意也治平三年冬日會稽錢勰記

靈香閣記

棟宇可以庇風雨臺榭可以遠塵囂亭館可以肅賓客山川可以廣眺望此居處以為至足而為浮圖者之說則不然曰不閎敞不足以誇廣大不盛麗不足以來信嚮故惟欲備極其閎麗而不已既已閎麗矣而吳越之人踵事增華者丹雘金碧𩰻龓炫熀至於殫人功竭物

力靡靡而不知止故其山林之峻深郊坰之廣邃匠氏之所卜智士之所營非為浮圖則無以相夸眩也思允師居睦州兜率寺之法華院佛學之外兼妙岐黄之術人有以疾病告者必盡其技而為之診視凡湯液之所餌砭鍼之所加無不如期而應自郡官至于編戶皆稱其方技之神良而功施之周普由是車馬之踵門者日月相繼而不絶也嘗患其居宇之湫陋實至無所容遂闢故阯革而新之又於其傍為閣三間楹桷崇髙軒檻

虛明經像巖於中草石蓄於次巾拂尊彝左右布列藥欄華圃前後相望升其堂則聞芝朮之芬氳游其庭則見竹樹之蔭翳雖窈邃闃闇而山居巖處之趣備焉攷成之日太守集賢王徵之率賓寮燕飲其上且嘉儲藥之美因題其顏曰靈香又賦詩以紀其事繼而作者貳車史館劉元忠也觀二詩則院與閣之所有皆可見矣後三年余自東陽赴亳社謁郡郵會故人留止過允之居因得一游目焉嘗謂桐廬郡溪山之清絶自晉宋以

來文士多稱述之往往載於題詠觀夫城邑閭井皆坦塗平陸蓋與它州無有異也及登高而望則羣峯回環一水縈帶煙雲晻靄朝暮異狀不離指顧而萬景在目信乎吳越之佳郡前人之所稱詠不為虛談也而茲閣又占一郡之勝處高高下下皆有幽致足為端居適之樂復以甘辛寒温之上味給人朝夕之求其為利固已博矣然則不得與夫競土木而誇閎麗者並也宜乎徽之元忠歎賞之勤勤如此因書所見以繼二詩之後

云時熙寧五年二月十五日記元祐元年正月十五日
上石

題嚴先生釣臺　葉棐恭

漢嚴子陵先生釣臺距桐廬郡城五十里異時人迹罕
至景祐中文正范公謫守是郡始即臺下構堂以祠先
生親記其事屬丹陽隱者邵餗篆之刻石今存于郡廨
又命會稽僧悅躬畫古衣冠作先生像于堂中既而過
祠下望唐處士方雄飛之舊隱周覽褒回慨想餘風因

復圖其像于堂之東壁自是往來之人鮮不登堂致禮者激貪立懦非曰小補歲月滋久棟宇漸墮上漏側穿像亦故暗且地勝事絶至者喜留名迹而狂易之徒往往及像之面目甚非所以伸虔恪靈聳人觀瞻之意迺以僚屬葺堂而完之始為塑像以易繪畫庶幾二高人之清標儼然長存而文正公之遺迹愈遠不泯也元祐元年六月朔日朝請大夫知郡事延平葉棐恭題

勑賜唐二髙僧師號記　周邦彦

有二大士顯於有唐在新定城住阿練若咸舉宗教轉
大法輪曰陳尊宿舍衆居守今賜號兜率以圓通門隨
彼機緣引接沈冥度無量衆曰善導大師乞食城中處
山峯山築壇誦佛從者三千開口發聲一一化佛重累
而出方便善巧修淨土行其故道場皆有遺像而奉事
弗虔稱號無聞為日久矣元符二年馬公玗來守是邦
始致崇敬雨暘請禱如嚮答聲請命於朝乞加褒顯元
符三年十二月二十四日命下賜尊宿號曰悟空禪師

善導大師爲廣道大師明年三月十七日具花幡威儀
表揭新號爲僧伽梨被服二像州民大集巷無居人時
方霪雨昏翳充塞導迎之初黄霧搴除赫日顯照開闔
陰陽成於奄忽萬口嗟異得未曾有竊聞真一法中毫
芒不立況此名謂何所加損然諸聖諦雖譚實相不廢
假名故雖有漏世界十二類生外道狂解十禪那目業
果訓答一十八天乃至信住行向地爲位五十菩提涅
槃真如佛性唵摩羅識空如來藏大圓鏡智七種名字

乃至過去無量億數果地正覺莊嚴名稱皆依空建立初無實義以假名字引導衆生從佛至佛所不能已則二大士加號崇飾義亦復然法身現前亦應攝受而焉公夙植德本深達苦空示宰官身而作佛事平等施德如物蒙雨與者不有而受者不懷平等施刑如人觸刃割者無怒而傷者無怨故能嗣續真風尊禮先覺開發勝利為四衆首因緣會遇適當斯時知其由者可無人乎年月日錢塘周邦彦記

睦州政平橋記 江公望

太常丞李公勉之為是州也州人安之政之在事者有條事之在物者有理簡而不疏文而不害日閱百千牒訴應手而解老胥黠吏束手旁觀終莫得其間無終訟無留獄郡稱為神明乃欿然猶以民隱為念州之南有大源其源西出於歙合婺水東注于大江夏秋雨淫二水鬭湍悍決溢齧高岸拔大木州人患之行道所會前值歐閩江南淛東郡邑之民源源而來後奠杭歙通塗

支道蹣踵而至適二水之患弛負解槖騈肩重足徯渡者積日依山之民平旦負薪芻裹果木之實趨城市以貿朝晡之膳老穉仰哺至夜暮不得食工部劉公述創為浮梁悉弭斯患出於倉卒未有為修完之計者故不五十年而毁矣前日之患復見於今日我侯心存之而戚見於顔色州人相謂曰我侯我父母也豈以一浮梁而貽我父母之戚子各率緡錢付僧守慧等董其事木美工善籌畫有度其裦相望眎人若巨擘其廣肩任負

載雖若連雞乘鴈交臂而分馳不相留礙力之所任百斛不墊隱若平地然會費無慮數百萬裒餘金粥田為異時修完之利水之東南有天寧佛祠是祝吾君萬壽之地百官走趨閲月而祝無有險艱此又食土之人所當竭力者也成以政和四年甲午正月丙寅二十有九日丙午越二月二日我侯率官屬如天寧以落之所以祝吾君也嘗請名於公望竊謂昔周之王使單襄公假道於陳以聘楚朝火覿矣而川不梁歸告王曰陳侯國

必亡王問故對曰天根見而水涸水涸而梁成先王之
教也又曰十月成梁夏后氏之令也先王不用財賄而
廣德於天下者以此今陳火覿而川無舟梁是廢先生
之教令也不亡何待夫川梁之廢興足以知政之得失
安可忽哉先王之教寓之於政其令著之在法孟軻謂
子産當大國之政區區於一輿梁之惠而不知政法之
在人也政法不行是無先王之教令也故曰君子平其
政行辟人可也政平則教行所以得人心法行則令著

故民聽一而不惑是以此邦之人不出於驅迫歡然致力不一豪取縣官財賄咄嗟而成方來之人厚享我侯之德利非以政平故邪因以名之有覩其名而心惟其義不復為怠偷之政是橋也其利新新曷窮已哉越二日庚戌江公望記

九峯菴記

天下事不獨事始為難卒之又難事之始必於艱難憂患之時故其思深其力勤卒之者常在安逸無事人情

歎熟之後罔不縱弛怠偷鮮克有成僧智日以九峯造
立卒業具述本初屬余記之余猶能憶少時之游敝屋
數間入其室閴若無人僧醉寢籃縷過午未飯然其山
峯之羅列者九肩差踵後襟繞帶絶漫不省出入蹤徑
竹松茂容光景蔽虧窄窄聞摧枯拉朽聲不見其人距
郡城不數里若在深雲杳靄間靈區奥壤鬼神靳惜不
以示人居之久難其人也比丘清鑑行髙德鉅心地穏
容州破甲乙以鑑来尸屬久敝之後用力艱用心益精

敏居無何人化其德施手開展締構一新既而以老告州復用甲乙以其徒智日代之方艱難慮患之時非鉅有才德莫能經畫圖回一代之成績不可不吝其擇甲乙非其人安可使也有維有綱既立既張凡百悉蹈繩檢世其業雖中才可也況其人精悍多智晝苦身克意雖在安逸無事人情軟熟之後毅然有為以卒其業事無固必顧得人如何耳蒐之甲乙何負於人哉佛有新祠寢飯有堂庖有儲有湢澡有室鐘有架屋纍然坐方

丈其徒嗚呼稽首成一保社日之力勤矣哉諸峰著丙方者最為秀絶易佛祠值之其盛固日之力然形勝古有之政和五年乙未記明年二月甲戌書之

興福院記

凡出於心之所同然者雖夷夏異區貴賤愚智少長之不相若寥寥歷數千百年得之者如出一揆心猶虚空無毛髮介然空缺處谷滿阬滿牛豕鼻喙滿汙邪甌窶滿提攜負汲亦滿終莫有德其賜者葢終身由之不知

其然也至於灑然若醉醒夢覺當有自來矣何邨建德一聚落土風沃美兒田婦桑無有呰窳功不十而利百之家饒財桀驁易侮之心生使酒尚氣椎牛博戲攻剽為姦馳死地如騖一旦强力惡少革心為善良門閭櫛比唯善之為慕西屬天寧佛祠學道者過而問焉東北距興福是院廢於保昌至錢氏復興歲在癸亥越甲午凡一百五十有三年政和初名額僅存繢垣廢阯皆黃茅白葦飛走交午敝屋三數間居者無復僧事僧靈皎

出緡錢八百萬施者亦如之建為殿者四能仁僧伽法輪十王之像設焉閣二鐘經㡞櫝具在殿之陰為演法堂次為函丈之室挾以海會香積而門廡湫之凡諸莊嚴之具佛比丘諸所受用無一不備人之纖既入而探諸囊中如曳九牛之尾八百萬錢出於荒山窮褐者之手若非超然感悟越一切拘攣之語與其徒而應之者若流水趨下茲有以啓之者焉得於所同然者也由一佛祠破慳貪之疾化而為一鄉之善俗由一鄉化而為

一邑之善俗其利曷窮已哉刑毆之不若訛其心使自得之故曰得其一萬事畢斯一也擬心即二焉有問速化之術余告之曰知此而已五年乙未工畢明年八月丁酉江公望記

龍泉院記

龍泉一斛水爾有龍常所託止焉召風霆疾呼起雲霧出肘腋間俄頃嘉雨四洽邑民德其賜作佛祠而庇焉因以龍泉名其祠靈區奥宅神物之所託是故山川草

木沃潤而清美代有異人出焉有諸禪者莫知所自其高道祕行人亦不知託於龍以福此方之人民以旱告甘澤之應若荅響焉故歳多穰而民力以饒僧奉齊錢忠懿王嘗召演法華文句於竹林寺學者數百雄經鉅論博觀泛覽精簡妙義析秋毫矣歸老人漸其餘悔皐遷善為一鄉美俗可良四代孫也以禪學住本邑保安禪院一日有豕逸於屠刄之下徑趨而跪伏亢而視若有所訴而不得言頃之屠者至亟執之哀號可憐以金

易之豢養久擾如善良之人畜無知也能逃死於萬無一生之地知所擇也知所擇謂之無知可乎不逃於比閭之居而逃於佛祠不逃於它比丘而逃於善知識余譬之善良之人不為過矣凡有心者物之偶也有偶則諍興唯無心故有心者歸之非有道者不處也師退居烏龍邑人挽之而不釋願脩故龍泉院以為師處焉裒金粥材為殿一區法堂丈室兩廡三間悉具誦閱有經製為樞藏以待未暇閱者挽之以行燕居有室以需四

方學者之至仰高明俯清泚宴寂之餘以為興居之適又有所謂水閣者在焉成於政和六年丙申三月壬辰越丁酉良屬余記其事一斛之水甚微龍託之而神變化自如霈為膏澤以福於人而佛祠託之以興一家之生固不足道善知所擇而良之道行益著而佛祠託之以不廢天激則遠水激則悍登高而望則見遠順風而呼則聲益厲所記者然也至於離人而立獨無所事託而良之道吾不得而知也

唯菴記

真悟老禪脫烏龍之縛結茅於其山之西岡以為宴休之地余一日訪之行新田間決決水流可掬可溉入其徑松杉青潤邑邑欲染人衣裓未到三數步小童候門一犬吠嗐嗐應竹作聲自是一山川風物楹桷無藻飾函丈之地唯留一榻牀數隱厚經行之餘兀然危坐久即卧安穩無它苦與余說普通年前事率皆無味之談聽者欲寐余將歸肘余曰為我名此菴余名之曰唯

菴三界唯心萬法唯識釋之者曰唯遮境有識簡心空
遮有則一心獨照簡空故萬法縱然心法相望非不二
境余别為之釋曰三界唯心一心唯菴不遮不簡唯境
唯心聽者霍然失寐掉頭拊髀爵躍而歌曰心唯菴兮
菴不知但見白雲朝起東山飛菴唯心兮心不住明月
前溪夜流去朝朝暮暮何時了是中本不同生老一衲
蒙頭百不為又是青山歌好鳥歌罷真悟老與余相目
一笑解袂以歸釣臺翁江公望正月十九日記實政和

丁酉歳也

改定川門請僧看經疏文　吕希純

伏以川在境内斯民所依水由地中於性為得粤維新定之野適處兩溪之交爰自比年以來頗違潤下之理顧兹城闕密控津塗乃消令辰載揭嘉號集禪關之清衆課華藏之祕文並集勝縁庶申善禱謹於南山廣靈禪寺請比丘八十一人就定川門轉大方廣佛華嚴經一部八十卷行願品一卷並用回向歙發兩港一切龍

神伏願由斯法供諒乃誠祈仗慈力之無邊運神光於莫測妥安源流之道永却驚瀾保佑室廬之氓俾諧寧處伏惟三寶俯賜證明謹疏

請刻石跋　江公望

歙婺二水為睦州之患歲必一至或再至焉壞城決隄敗積儲毀廬舍中夕弛備遽及寢户居民破屋以出其不為魚亦幸矣前昔州郡患之終無扞禦之策雨久作二水爭行山夾岸如束壅遏不得去故有是患非可與

智力爭也舍人呂公盛德君子愛民出於誠心嘗祭二溪之神其文州人猶能記其彷彿水潦暴行更相避若兄弟然詞意惻怛惜乎不傳易門額為定川揭之日復有文請禱於釋氏由定川而後凡二十有一年不復有水患水無情也可告語者神爾神與人不可以言語傳也所可格者誠爾誠不可以虛拘也所以達其誠者斯文在焉訪求累年今始得之願刻諸石以貽將來不墜斯禱惠莫大也政和四年甲午二月初五日江公望

書

嚴陵集卷八

欽定四庫全書

嚴陵集卷九

宋　董棻　編

雜著記疏

重建兜率寺記　羅汝楫

汝楫少時以事過新定子城之北連闉洞開有屋數千楹目其榜則兜率寺也即時游焉秘宇屹然以高繚舍窈然以深支房别院重樓複閣内外整整足為望刹念

此邦薄事力非它州比僧居之陋取蔽風雨而已廼獨雄盛如此諒非偶然呼寺僧詢之寔唐陳尊宿故居陳得法於斷際當時緇素歸重加姓其上以尊宿稱太守陳操師事之親受法要事見傳燈錄後世追仰其人相與飾此遺武無足恠者及得舊碑讀之乃開元三年台州刺史康希詵文其敘輪奐之美反復至數百語詳其語往往過於所見則寺之雄盛舊矣不因陳僧而然惟是數百年間相繼增葺久而益新亦豈無所自耶紹興

十四年予來蒞郡事則寺以焚毀咨興廢之不常為之悵惜久之它日與客語偶及此客持三說以起廢為丘墟小庵嚴奉有所未至此兜率不可不復者一也疇昔寺無恙時徒衆如林計今所存尚復不鮮或至散處市肆行業俱墮三尺所禁豈應坐視此兜率不可不復者二也寺占形勝之地客鄰州治廢址蕩然無復藩籬居人築墳之用取給於此畚鍤日至氣益以索此兜率不可不復者三也是三說固不誣屬當巨浸之餘公私屋

至摧圮過半方務悉力營繕何暇它及比就緒得請奉
詞蘇使君寔來繼予使君頃守嚴有惠愛未幾復臨舊
治民習其政坐以無事先是兜率之廢天申節齋禱即
詣烏龍山寺遂為故事使君喟然嘆曰天下州郡皆即
在城佛館以嚴歸福之供而吾州獨不爾乃率僚佐走
郊外亟拜而返權宜可也萬一重修之事少有不虞稽
察惟艱其何以自安州雖陋顧不能新一剎乎其意殆
在兜率未遽發會有以林木獻寺者所得類皆瓌材其

數為多寺僧祖照德淵輩相與經畫興復不籍于寺而
願預其事者曰惠空僧正慧端寔總護之於是分詣大
姓乞其功用之費遠近響應無不樂施其或無積貲者
人授一瓢使日輟贏餘置其中伺其滿持以歸我錙銖
積累初若微甚卒至於不可勝計事賴以濟是役也經
始於十七年冬至十九年正月以訖役告凡為大殿者
五間三門十有一間兩廡四十有二間為廳事者二待
長貳暨官屬之至斜廊六間附焉惟法堂戒壇舊所有

姑因之餘皆煥然一新又僧守越募工為三大像夾侍
六人如諸方之儀有穆其容瞻者增肅餘力對飾溯壁
曲盡其妙予居比郡聞寺成意前三説者有以啓之及
傳使君言則其享上之誠惟恐不至彼三説者抑末也
嘗觀天保之詩一章曰俾爾單厚二章曰俾爾戩穀三
章曰以莫不興以莫不增末章則又取物為况曰如月
之恒如日之升如南山之壽如松柏之茂古人歸美其
君者惓惓如此蓋臣子至願在焉不嫌於繁今使君顓

營精廬以申此志而革一時權宜之例兹亦勤矣況復誠之所感化荒榛為欀楝易朽壤為瓴甓宜無難者天下事其有不可為者哉此寺唐神龍初中宗所建號中興寺既而改龍興國朝大中祥符元年始賜今名紹興五年宿兵于此一夕遺火蕩盡寔正月八日迨兹十有四年矣適使君再至乃始成之豈其成固自有時也使君名簡眉山人黄門先生之孫才行兼優克世其家父侍郎公春秋高益康寧人以為豈弟之報寺成云始辱

以郡人意致書求記義不得辭因為叙其本末而繫之
以詩其詞曰
兜率在天惟佛之居詔揭美名貴此精廬棼橑翼然
金碧爛如妙極人功與天不殊犖犖老師宗門之傑
於焉利生機鋒雷掣擁笏擎拳擔囊竭蹷仰止高風
千古不滅鋒鏑之腥實穢户庭災延萬瓦炎埃冥冥
載夙告祥維其乞靈無所於寄遠走林坰蘇侯再至
念此咨喟事有不虔臣子之愧既發其義亦佐其費

緇徒奔走以承其志寶殿有嚴擁以脩廊毫相居中巍巍堂堂淨侶咸安勝壤增光老師之奉出於衆香嗚占里社靈場再肅以戒以告毋慢毋黷義篤亨亭不私其福於萬斯年惟吾皇是祝

均減嚴州丁稅記　詹元宗

嚴依山為郡地狹田少厥土燥瘠勞於播種其民貧窶艱於粒食惟陸畊是力惟蠶桑是務惟蒸茶割漆是利其父兄子弟役役終歲僅得以無飢至於供億公上則

又不堪於煩費浙之俗謂夫貧而嗇者莫嚴若嗇豈其欲哉貧累之也聖天子出治以仁視民如子嚴之貧聖天子知之矣聖天子不忍其貧而丁税偏重也慨然念之迺下均減之令命大臣以董其事命監司以稽其實命守倅以欽其承曾不閲時汔有成議討嚴之丁凡十有七萬五千七百四十人減紬凡一萬四千二百九十二匹為錢凡四萬七千一百七十緡以沙田蘆塲之租補大農歲入之數令既下而嚴之民力寛矣昔也人輸

絹率一丈二尺八寸今也七丁率輸絹一匹則昔之取者以其十今之取者以其四嚴之貧民始被無窮之惠猗歟大哉其可謂至德也已矣竊惟君之與民其勢若相矌絶而其實則相資以為養民非君不養也君非民可自養乎穀粟非民孰與食之絲枲非民孰與衣之君之賴乎民者衆則其取於民者宜亦有制矣蓋為富則有不仁之政知予則得為取之方輕則貉重則桀二帝三王之所不由也聖天子躬行二帝三王之政其於斯

民豈一日而忘之哉非能以天下藏天下其能捐利以予民乎非能以民之心為心其能約已以厚下乎今下之日六邑民大和會謳吟鼓舞薫為叶氣自是蠶麥告登穀粟荐稔有年之應緣類而至夫豈偶然也哉先是嚴之習俗苦於丁税之苛有貧不舉子之患至是不復有聞今歲之春城居之民有一産三男子者輿人之誦以為均減丁税之效其應之速猶影響也故德不脩則干戚之舞不可以來遠誠不至則宫商之奏不足以降

神物有相感事有相因自然之理也亢宗不敏幸得承
乏為長吏獲與斯民親被實惠懼無以侈聖天子之賜
謹以顛末鑱諸石垂諸方來且以托名於不朽乾道癸
巳七月壬辰左朝奉郎權發遣嚴州軍州主管學事兼
管內勸農事詹亢宗記

重修嚴先生祠堂記 呂祖謙

縣東陽江而下經新定郡五十里得嚴陵瀨葢東漢嚴
先生遯世不屈耕釣於富春山後人因以名其瀨也孫

吳析富春為桐廬是瀨亦來屬焉顧野王輿地志曰桐廬縣南有嚴子陵漁釣處石上平可坐十人名為釣壇即今之釣臺也獨兩臺對峙野王所不紀蓋亦犄言之耳明道二年范文正公自右司諫守是邦始築屋祠先生而為之記瀨之旁白雲源乃唐詩人方處士故廬文正公之游釣臺也嘗絶江訪其遺迹以其像置祠之左文正公没郡人思之不忘遂侑食於右坐焉歲祀浸遠此意弗嗣淳熙五年侍郎蕭公出鎮道祠下慨然曰國

家稽用唐武德舊典姓是州為嚴則先生之祠乃名教之首顙圯若是可乎顧急於民瘼未暇也居二年政成化洽以餘力新之時祖謙病廢卧旁郡公以書見諉識其成固辭不可乃復於公曰方王氏移國以光武之大志先生之高氣相與共學夫豈區區呻唫佔畢之末哉漢官威儀既復其舊薄海内外臣子之責塞矣亦何必奮臂於其間哉没身丘壑固先生之素尚也帝睠焉有懷俾以形旁於天下得非在庭諸臣奉命承教之不給

未有當帝意者耶三聘而至車駕即日幸其館勉其相助為理所以處先生者不薄矣匪徒屈萬乘之重為故人光寵也先生雖以巢由自命視一世若不足以浼之觀與侯霸尺牘剴切之意見於言外豈於帝猶惓惓未能忘耶浩然而歸使人主有終身瞻望不及之嘆施及後世賓友者俊遂為家法士之聞風興起者堅節正操見危授命項背相望其有益人之國與朝夕獻納雲臺之下者未知其孰多孰少也枝必類本韻必報聲使先

生微有意於傲世之名一再傳之後且將為西晉之清虛矣而東京之俗久而益厲名檢之外綜理幹略亦往往髙出後世泝而尋其源則建武之髙節孰可訾耶至於節義之敝變為亢激特時無建用皇極之君均調消息之耳非造端者之過也後先生且千年文正公來主斯地祀典始舉曠百世而相感者固自不常遇耶今公作牧復大葺祠宇以續前人之緒繼自今以往泝沿下上者款門而心開升堂而肅容風清樾濯寒泉哦山髙

水長之詩致足樂也則公豈專為一邦勸哉祠之前則芉裘軒其東則客星閣招隱堂岸江立表以識路繚山作亭以待憩或革或因面勢位置各有思致皆受成於公以非大指所序故不詳列公名燧字照鄰臨江人也主其役者司户叅軍吳桂七年五月二十二日朝請郎直祕閣主管建寧府沖佑觀吕祖謙記朝請郎新潼川府路轉運判官虞似良書

重建嚴先生祠堂記 陳公亮

惟得道之士然後能全其高惟樂道之君然後能遂其
高惟慕道之賢然後能崇其高先生漢光武之故人光
武既有天下先生獨隱淪漁樵間非傲軒冕也而軒冕
不能汩非恥功利也而功利不能汚玉之潔冰之清後
世無得而稱焉非得道之士能之乎光武為中興英主
思故人而訪之既至同寢處無閒非不欲寵之以爵位
厚之以稍廩乃縱其飄然長往終不敢屈非樂道之君
能之乎先生没千有餘歲逮我本朝文正范公來典是

邦始即其魚釣地設像建祠為文以表大之歲久棟宇頽圮淳熙庚子太守蕭公燧復加繕治易腐支傾亦既載新未幾守僧不戒于火一夕煨燼公亮始至悉然有動於心方度材會役未及有為明年提點刑獄劉公頴以職事按臨相與嘆息迺與安撫張公杓轉運錢公沖之提舉石公起宗各捐緡錢來助其作其致志卓越㑹然與文正相望於百五十年之間非有慕道之誠疇克爾哉于時歲事再登工力頗裕視前之輪奐有加焉曰

三賢堂曰客星閣曰招隱堂曰羊裘軒規摹高聳皆踰舊制且别創遂隱記隱二區以翼於三賢堂之左右寓僧有舍休客有館山巔之壇有亭闢登壇之道而級之以石道先有亭以憩覩壇稍遠復為亭於中以便游者閣之東偏有泉其色如玉亦亭於上牓曰玉泉因筆其始末以昭諸賢使者崇高之志云淳熙乙巳十有一月朔郡守東陽陳公亮記錫山尤袤書開封趙公孚篆額

重建貢院記

嚴陵為今三輔士風日隆須當大比應詔者已三千人郡舊有貢闈夾于兩寺之間其地湫隘喧闐其棟宇界陋淺窄不惟不足以容殆非朝家嚴科制崇儒禮士之意然而郡治瀕溪每遇梅潦之溢則洊浸城市居民奔迸遷避往往即官舍佛廟而羣處焉予被命初首訪是邦利病咸指水害為急特未有以實興之所言者比至往覘之而氣象蕭索若是其甚大以弗稱為恐竊謂避水所急也取賢歛材之宮尤不可緩也得一賢人則天

下被其福得一才士則天下蒙其利始予固欲得高爽地築室數百間為吾民避水計而名不雅馴與其區區惟水是防孰若一新禮闈以振士氣使它時賢能由此而出將均其施於四方豈是水之足慮萬一交流暴漲有所未免不妨斯民蟻赴而蜂屯庶幾一舉兩得焉謀既定會發守待制洪公邁以召命經筵館于是因以見勉於是相陰陽審面勢得地於州序之西偏計其廣袤適足以當堂廡之地層巒前列秀氣可挹崇崗後峙 旺

勢巋然真角戰藝之場擒藻振奇之地同僚觀者咸曰休哉乃鳩工度材授以規摹政事餘隙必身督之別駕二三公既日相從於蓁叢中而諸邑令佐又悉能勸相率富室之樂教者以助其直亦可以知衆心所鄉矣經始於乙巳之孟冬迨丙午王正告成費不病夥役不歎勞為屋凡二百間内外小大略備簷楹飛甍梁棟屹立望其中則儼如視其傍則翼如井井繩繩端若天造而地設焉或謂其地蓋熙豐間貢士所司諫江公公望嘗

於此取科級兵冦後文記不存無以考證豈好事者附會其說以張斯舉乎不然則廢興各有時信非偶然者因以紀於其末淳熙丙午三月一日朝請郎權知軍州兼管內勸農事借紫陳公亮記浚儀趙仟之書

書瑞粟圖下

淳熙十有二禩皇帝將以冬日至郊見上帝明年太上

聖壽八十預於十二月朔奉上尊號冊寶用正月一日

行慶壽禮天地並貺神靈懽喜産祥效祉不知狀名維

時嚴陵實太上之潛藩今日之輔郡迺生瑞粟錯落原隰或一莖而兩穗三穗至于九穗或一穗而兩歧三歧至于五歧嘉祥創見目所未覩視周禾之異晦同穎漢穀之一莖六穗殆異世而同符豈非以穀粟者常庖之所需奉盛之所告厚民生而示至和皆於此乎見之今

聖主事天事親兩盡其誠而又務農重穀軫于淵衷宜其叶氣薰蒸蔚為嘉瑞不於草木而于穀粟不于庶邦而于潛藩近甸列歧駢穗昭然以彰厥符不亦休乎公

亮屬守兹土因邦民來告不敢輒隱既圖之閒于朝以備國史之登載復鋟石郡齋為一時之光云乙巳十月既望知嚴州軍州事陳公亮題

浚西湖記 錢聞詩

澗水瀍水周以都洙水泗水魯以國周三代之盛魯列國之尊都焉國焉資水乎曰都國之建士欲秀民欲阜不資乎水則二利莫致也烏龍嚴山之主來自東北聚氣于子州治按之午向得水山生旺西南方利瀦水今

有湖此方歲放生祝聖壽古碣揭於岸湖方四里南一里僅有水餘皆赤地草芃生牛馬豕羊牧馬岸北溪長數百丈久無浚者砂石積平岸夏潦秋霖水漲抹岸漫民屋廬入湖澎激湖南岸為河長三十丈深濶三丈水注江地理之說謂水山水利生旺來宜西南利衰病去宜東北今西南去無東北去水反陰陽之利始知郡今空乏人多貧少富室士登桂籍赫赫聲名不如舊皆害於水而又不能廣封人祝聖之意閒詩深念之郡乏未

暇理適經常外有輸入者可當浚湖浚溪則不給因命縣官諭等第家浚溪彼欣然如諭各分丈尺浚繼命郡戎官趙善特偕建德宰邵暹尉李唐卿督浚湖役季冬農隙以善價募夫一日得數百坌集喜甚鋤者钁者杵而築畚而貯者奮千萬指力不怠湖啓得大小石千數築澎激岸層石層土柵以木壓大方石其上凡三埂埂用工千屹若城壁已絶西南去水而東壯無去水路議導焉而有父老告昔東城址有大壕注湖水入城洄洑

小湖者三與外溪水會龍津橋揖州治轉東南入江可訪也一訪而得壕廣丈餘居民侵塞為屋為圃者半不知幾歲月也委曲諭侵塞家皆願如古界還官今湖水入東津江凡五里一壕龠淪而下無礙者矣又慮溪砂石日積久復為湖害思所以利其後者乃囑監浚湖官就畚湖土填堤得屋地百餘丈匠屋為民居三十四募僦僦直度日得緡錢委尉日積三歲及千緡餘用以浚溪若湖涸亦浚利遠而無窮也夫水行地中猶人血氣

之運經絡經絡塞則壅耗則枯聚而不散則潰行而不安則逆今水塞矣無壅乎耗矣無枯乎聚而不散無潰乎行而不安無逆乎經絡病人水病國一也湖之四病悉去疏積年結伏之脉暢一時清明之氣鱗甲游而樂士民喜而泳壽吾皇而福吾土有既乎夫周資水也莪菁菁棫芃芃士秀矣千斯倉萬斯箱民阜矣魯資水也浴而歸雩而舞亦秀也昌而熾壽而富亦阜也嚴亦同地周非所擬庶幾焉魯也聞詩衰晚假紱行且去同志

者來繼時魯風盛矣當有頌僖公者然湖以放生名要先頌聖壽曾為後天子萬年天子萬壽一頌之再頌之又頌之如崧嶽之三呼焉可也淳熙十六年春三月二十有四日朝奉大夫權知嚴州軍州兼管内勸農事借紫錢聞詩記朝散大夫直顯謨閣新改差知福州軍州兼管内勸農事主管福建路安撫司公事馬步軍都總管借紫馬大同書

看經禳水患

竊見城外江流正當歙婺二港之衝每歳夏潦秋霖
江水暴漲浸漫堦岸漸沒屋舍居民愁苦深可憐憫
近閲嚴陵集曩日太守呂公希純嘗命僧八十一員
轉大方廣佛華嚴經八十卷行願品一卷回向二港
龍王一切龍神由是二十一年不復有水患呂公希
純之跡江公公望之跋可驗不誣聞詩痛念斯民之
苦既聞是事敢不修設再集勝縁云云
右伏以罹水災於今日哀此居民稽故事於昔年妙哉

善果守千里為其上者軫一念其能已乎睠此小邦衡
夫二港呂刺史之誠既驗江諫議之跋猶存粵惟後人
要踵前蹟誦真經八十一卷得自龍宮安戸口數千百
家免沉竈窟況茲土少而甚瘠而爾民貧而多艱使安
集而居猶不能處苟漂蕩而散其何以堪敢冀龍神尚
尊佛教護法不忘於素願救人常切於道援消厥罰之
常陰俾彞倫之攸敘江平巨浪地剗積沙靡高下之爭
陵如弟兄之相遜岸無為谷水常行於地中民悉奠居

福自來於天上謹疏

嚴陵集卷九

總校官候補知府臣葉佩蓀
校對官編修臣初彭齡
謄録監生臣顧瑞桐

圖書在版編目（CIP）數據

嚴陵集 / (宋) 董弅編. — 北京：中國書店，2018.8

ISBN 978-7-5149-2120-5

Ⅰ. ①嚴… Ⅱ. ①董… Ⅲ. ①中國文學 – 古典文學 – 作品綜合集 Ⅳ. ①I212.01

中國版本圖書館CIP數據核字(2018)第084842號

四庫全書・總集類

嚴陵集

作者 宋・董弅 編
出版發行 中國書店
地址 北京市西城區琉璃廠東街一一五號
郵編 一〇〇〇五〇
印刷 山東潤聲印務有限公司
開本 730毫米×1130毫米 1/16
印張 20
版次 二〇一八年八月第一版第一次印刷
書號 ISBN 978-7-5149-2120-5
定價 七二元